btb

Aus Freude am Lesen

btb

Charlotte Weitze über
»Vom Glück, ein Briefträger zu sein«:

»Wie immer, wenn ich schreibe, brauche ich drei gute Ideen, zwischen denen die Geschichte aufgespannt wird. Der vorliegende Roman wurde von einer Reise zu den Färöern inspiriert. Hier gibt es eine Siedlung, zu der noch immer keine Straße führt und wo der Postbote über den Fjell wandern muss. Ich ging diese Route und malte mir dabei in Gedanken aus, wie es wohl in dieser Siedlung sei. Aber ich kam nicht vorwärts. Es wurde so neblig, dass ich umkehren musste, um nicht im Fjell abzustürzen. So musste die Geschichte in meiner Fantasie weiterleben. Die zweite Idee bekam ich während einer Reise nach Afrika, wo ich mich als Weiße auf besondere Weise mit den Albinos verbunden fühlte, die ja durch natürliche Ursachen bedingt dort unten besonders auffallen. Ihre Haut war durch die Sonne zerstört, und einer der Schwarzafrikaner erzählte mir, dass sie früh sterben, nicht aufgrund des Hautkrebses, sondern weil es kein Mensch ertragen kann, so viel angestarrt zu werden. Die dritte Idee geht auf ein Gemälde von Joachim Skovgaard zurück, auf dem sich Tote aus ihren Gräbern erheben und dem Licht entgegengehen, das sie blendet und verschreckt. Genauso ist es auch mit Kaspar ...«

»Eine geniale Mischung aus Märchenhaftem, Mystischem und Skurrilem.« *Weekend Avisen Berlingske*

Autorin

Charlotte Weitze, geboren 1974, studierte an der Universität von Kopenhagen. Ihre Kurzgeschichtensammlungen sind preisgekrönt. »Vom Glück, ein Briefträger zu sein« ist ihr erster Roman, der auf Deutsch erscheint.

Charlotte Weitze

Vom Glück, ein Briefträger zu sein

Roman

Aus dem Dänischen
von Sabine Lotz

btb

Die dänische Originalausgabe erschien 2003 unter
dem Titel »Brevbaereren« bei Samleren, Kopenhagen.

FSC
Mixed Sources
Product group from well-managed
forests and other controlled sources

Cert no. GFA-COC-1223
www.fsc.org
© 1996 Forest Stewardship Council

Verlagsgruppe Random House FSC-DEU-0100
Das für dieses Buch verwendete FSC-zertifizierte Papier *Munken Print*
liefert Arctic Paper Munkedals AB, Schweden.

2. Auflage
Deutsche Erstveröffentlichung September 2006

Umschlaggestaltung: Design Team München
Umschlagmotiv: getty-images
Satz: IBV Satz- und Datentechnik GmbH, Berlin
Druck und Einband: Clausen & Bosse, Leck
RK · Herstellung: AW
Printed in Germany
ISBN-10: 3-442-73310-3
ISBN-13: 978-3-442-73310-1

www.btb-verlag.de

Ein gefasstes Herz
Der Leib entblößt im Wetter
Der Wind durchweht mich

Der Bus windet sich über Berg und Tal. Es ist halb acht Uhr in der Früh und noch ziemlich weit bis Fåreheim. Kaspar schlummert nicht wie die anderen Fahrgäste, die die Gardinen zugezogen haben, damit sie keinen Zug bekommen. Er sitzt ganz vorne, schräg hinter dem Fahrer, und starrt auf das Stück Straße, das im Scheinwerferlicht des Busses zu sehen ist.

Als Kaspar um halb zwei Uhr nachts zustieg, befürchtete der Busfahrer, sein Passagier wäre betrunken und würde sich gleich im Bus übergeben. Weil er so blass aussah. Aber den Champagner hatte er längst ausgeschwitzt. Kaspar war auf einer Silvesterfeier bei Freunden gewesen, hatte sich aber kurz nach zwölf auf den Weg gemacht, um sich noch von seiner Mutter zu verabschieden. Immer wieder hatte er ihr erzählt, dass er in eine Stadt im Norden ziehen würde, die Fåreheim heißt und in der er eine Stelle als Landpostbote bekommen hat.

Die weißen Mittelstreifen auf der Straße wirbeln an ihm vorbei, schneller als es sein Auge erfassen kann. Sie bewegen sich von einer Seite zur anderen wie in einem Zeichentrickfilm und gleichen weißen Schwingen im Flug. Für einen Augenblick verschwinden sie, alles wird schwarz,

Kaspar schnappt hörbar nach Luft und fürchtet, dass der Bus in den Abgrund stürzt.

Er atmet tief durch, schirmt seine Augen seitlich mit den Händen ab und sieht hinaus in die Landschaft. Die Sterne am Himmel funkeln. Unterhalb der Baumgrenze kommen die Wolken zum Vorschein, und der Schnee wird schmutzig. Der Bus überquert einen Höhenrücken, danach geht es steil bergab. Nach vielen Haarnadelkurven fährt er an einer Fabrik vorbei, über einen Wasserfall, passiert eine Schule, ein Wohnviertel mit Einfamilienhäusern, eine Apotheke, einen Frisör, ein Grillrestaurant und einen Supermarkt.

»Fåreheim«, ruft der Fahrer.

Die Fahrgäste wachen auf und packen ihre Sachen. Kaspar umklammert seine Sporttaschen.

»Gutes neues Jahr«, sagt er und steigt aus.

Der Busfahrer starrt ihm nach, die übrigen Fahrgäste schielen zu ihm hinüber und verschwinden dann in verschiedenen Gassen.

Das Postamt, ein großzügiges Backsteingebäude, liegt gegenüber der Bushaltestelle. Rechts und links von der geschnitzten Holztür hängt jeweils ein Briefkasten. Kaspar sieht sich um – die Post müsste das höchste Gebäude in Fåreheim sein. Er geht um das Haus herum, kein Mensch und kein Lichtschein weit und breit, nur überall abgebrannte Feuerwerkskörper. Er schaudert.

Das Haus hat eine Hintertür. *Postmeister Rainar Rusk* steht dort am Briefkasten. Die Griffe der Sporttaschen schneiden ihm in die Handflächen, Kaspar stellt sie ab und klingelt. Die Türklingel funktioniert nicht. Er klopft, erst vorsichtig, dann immer lauter. Die Postverwaltung hatte ihm versprochen, dass Rainar Rusk da sein würde, um ihn zu empfangen. Kaspar drückt den Türgriff herunter, die Tür ist offen.

Er geht die schmale Treppe hinauf und ruft: »Hallo«. Es riecht nach Schweiß, Küchendämpfen, Schnaps, vollen Aschenbechern und Stall. An einer Wand findet er einen Lichtschalter. Einen Moment lang ist er von der Helligkeit völlig geblendet.

Die Wände im Flur sind mit braunem Holz verkleidet. Links geht der Blick in eine unaufgeräumte Küche, die Tür vor ihm ist geschlossen, und über dem Griff der Tür rechts baumelt ein rosafarbener BH. Leise Atemgeräusche dringen aus dem Zimmer, und es ist gut, dass Kaspar Bescheid weiß. Unter Landpostboten gilt ein BH am Türgriff von alters her als Zeichen für Damenbesuch.

Kaspar öffnet die Tür am Ende des Ganges. Bestimmt ist das sein Zimmer. Stallgeruch schwappt ihm entgegen, irgendetwas bewegt sich im Dunkeln, etwas Weiches berührt sein Bein. Kaspar hört ein Schnauben, er knipst das Licht an, und mitten im Zimmer steht ein weißes Lamm und starrt ihn an. Es hat seltsame Augen, das eine blickt sanft und kindlich, das andere listig wie das einer Schlange. Ansonsten befinden sich in dem Raum nur ein Waschbecken, ein Fenster, ein Tisch, ein Spiegel und ein Schrank. Hoch über dem Bett hängen goldgerahmte Fotos von ehemaligen Postboten. Die Männer haben schwarze Schatten unter den Augen und sind alle vor demselben Berg fotografiert worden. In der rechten Hand halten sie ein Stück Papier. Was darauf steht, ist nicht zu erkennen, dazu müsste Kaspar auf eine Leiter steigen.

Draußen im Flur ruft ein Mädchen:

»Rusk, du bist ein Narr, ich habe geglaubt, ich könnte dir vertrauen. Das war's dann.«

»Aber ich dachte, du willst vielleicht auch.«

Kaspar dreht sich um und blickt auf etwas, was Rusks behaarter Arsch sein muss. Dann schaut er dem Mädchen hinterher, das die Treppe hinunterrauscht. Es hört sich an wie ein Bergrutsch – Kaspar sieht nur noch eine winkende Hand.

»Warte«, ruft Rusk, «Entschuldigung, Lærke.«

Er schaut in sein Zimmer.

»Deine Sachen«, brüllt er, holt ein großes rosafarbenes Bündel, läuft in die Küche, öffnet das Fenster und wirft das Zeug hinaus.

»Damit du nicht frierst!«

Kaspar geht zum Fenster und blickt hinunter auf die Straße, wo eine kleine nackte Gestalt schnell die Kleider zusammengerafft und dann die Hauptstraße hinunterrennt. Kaspar macht sich auf den Weg zu Rusk, gefolgt vom Lamm, und dann stehen sie da zwischen Sektkorken, halbleeren Gläsern, Konfetti und Papphüten. Kaspar reicht Rusk die Hand.

»Ich heiße Kaspar, ich bin der neue Postbote.«

»Verschwinde«, ruft Rusk, »und nimm das Lamm mit.«

Rusks Gesicht wäre schmal, hätte er nicht diesen riesigen Bart. Er starrt Kaspar verärgert an.

»Hast du dein Haar mit Chlor gewaschen?«

»Nee«, sagt Kaspar.

»Das ist eine harte Tour über den Fjell. Ich kapier nicht, warum die Postverwaltung so ein mickriges Kerlchen wie dich eingestellt hat. Hast du überhaupt Muskeln?«

»Ich wurde von einem Headhunter der Post ausgesucht.«

»Headhunter.«

Rusk schnaubt und trocknet sich im Schritt mit einem Geschirrtuch ab. Er versteht bestimmt kein Englisch.

»Arbeitet Lærke auch hier?«, fragt Kaspar.

»Geh auf dein Zimmer und nimm das Lamm mit. Es ist Lærkes Lamm. Ich hab ihr versprochen, darauf aufzupassen, und wehe, du wagst es, jemandem zu erzählen, dass es hier ist.«

In Rusks Augen stehen Tränen, und seine Stimme bricht. Kaspar geht auf sein Zimmer, und der Postmeister beginnt, auf und ab zu wandern.

Als das Tageslicht durch die Gardinen schimmert, zieht Kaspar sie zur Seite und öffnet das Fenster. An einem Wintertag wie diesem, an dem der Schnee hoch liegt und weiß glitzert, ist das Sonnenlicht so gleißend wie an einem Sommertag. Kaspar kramt seine Sonnenbrille hervor. Er hat eine fantastische Aussicht auf das kleine, neujahrsmüde Fåreheim, die Berge umschließen die Stadt, sie sind groß und blau.

Kaspar öffnet eine seiner Sporttaschen und nimmt die Verdunklungsgardine heraus. Er schiebt das Bett quer in den Raum, so dass eine Art kleines Gehege zwischen dem Bett und der Wand entsteht. Dort hinein schubst Kaspar das Lamm und geht dann in die Küche, um Putzzeug zu holen. Rusk starrt vor sich hin und zeigt wortlos auf den Besenschrank.

Kaspar säubert das ganze Zimmer. Der Bettbezug muss noch von seinem Vorgänger stammen, denn als er ihn abzieht, reißt der Stoff in lange Streifen. Die Matratze ist feucht und riecht moderig, er stellt sie hochkant, damit sie trocknen kann, und er legt die Decke und das Kopfkissen auf das Fenstersims. Er öffnet die zweite Sporttasche, nimmt seine Sachen heraus und schichtet sie in den Schrank. Im untersten Fach findet er einen Stapel alter Illustrierten. Er blättert ein bisschen darin herum, aber es steht nicht viel Neues darin. Man erfährt etwas über Prominente und königliche Hoheiten, es gibt Witze, eine Seite für Kinder, Rezepte, die Rubrik *Der Krüppel der Woche* und anderes aus dem wirklichen Leben.

Kaspar stellt seine Sonnencremes, die Vitamin-D-Pillen, die Zahnbürste und den Rasierapparat auf die Ablage unter dem Spiegel. Den Sonnenhut hängt er an den Haken neben dem Handtuch. Einen Augenblick lang starrt er auf sein Gesicht im Spiegel, die weiße Haut, das bleiche Haar und die zarten Augen. Es gibt verschiedene Formen von Albinismus, und Kaspars Fall ist bei weitem nicht der schlimmste. Trotzdem glotzen die Leute ihn an, und er weiß, dass sie darüber spekulieren, was mit ihm nicht in Ordnung ist. Nur weil sie seine Haut gesehen haben, glauben sie, sie hätten auch seine Seele gesehen. Sie glauben, dass er, ähnlich wie Krabben, Hummer und andere Krebstiere, sein Innerstes außen trägt. Aber sie sehen nicht, wer er in Wirklichkeit ist. In ihren Augen ist er nur der Albino-Kaspar.

Das Lamm hat sich beruhigt, aber es müsste eigentlich etwas Milch bekommen. Kaspar geht in die Küche, wo Rusk, jetzt mit Unterhose begleitet, am Küchentisch sitzt und in einer Zeitschrift liest. Die Milch steht im Kühlschrank, ist aber sauer und klumpig. Kaspar wärmt sie trotzdem auf und füllt sie in eine Schale, die er dem Lamm vorsetzt. Danach setzt er sich auf den Lattenrost und öffnet Mutters Proviantpaket. Es gibt Brot, Wurst, Käse und ein kleines Stück Kuchen.

Am Silvesterabend war die Mutter allein zu Haus. Sie sah fern. Das mochte sie am liebsten. Kaspar kam um Viertel nach zwölf, um sich zu verabschieden. Als sie hörte, wie er die Wohnungstür aufschloss, kam sie in den Flur. Ihr dünnes Haar war zerzaust, und die Augen blickten trübe, als würde sie schlafwandeln. Sie sagte: »Guten Morgen.«

»Es ist Abend«, sagte Kaspar, »Silvesterabend.«

Er umfasste ihre kalten Hände, und sie sah auf seine Sporttaschen.

»Du hast Wäsche dabei«, sagte sie, »lass mich das erledigen, hast du Hunger?«

»Ich habe gepackt, ich nehme den Bus am Hauptbahnhof um halb zwei.«

»Du fährst weg?«

»Das habe ich doch gesagt«, seufzte er, »ich fange am zweiten Januar als Landpostbote in Fåreheim an.«

Er folgte ihr ins Wohnzimmer. Der Fernseher lief im Flüsterton, die Kissen auf dem Sofa waren zerwühlt, und einige Illustrierte lagen verstreut auf dem Tisch herum. Als einziges Licht brannte die Lampe am Fenster.

»Ich mache was zu essen«, sagte sie.

»Ich habe gerade ein Silvestermenü verspeist.«

Die Mutter stand mit dem Rücken zu Kaspar und schlug mit einer Kraft auf den Tisch, die Kaspar ihr nicht mehr zugetraut hätte. Einen Moment lang sah es so aus, als würde sie zusammenbrechen, aber dann setzte sie sich langsam aufs Sofa und rieb sich ihre zitternde Hand.

»Das machst du nicht«, sagte sie hart und fing an zu weinen, »ich dachte, du würdest gerne nachts Post sortieren.«

»Das war gut genug, um sich zu verstecken«, antwortete er mürrisch, »alle sind mit dem Sortieren beschäftigt und sehen nichts. Die meisten haben einen Walkman auf, wir reden fast nie miteinander.«

»Aber du verträgst es doch nicht, im Freien zu arbeiten.«

»Die Postbehörde hat gesagt, dass auf der Route, die ich gehen soll, im Durchschnitt nur eine Woche im Jahr die Sonne scheint.«

»Du setzt dich trotzdem einem Risiko aus. Die Sonne kann plötzlich durch die Wolken brechen, auch wenn es wie ein Regentag aussieht. Dann stehst du da, völlig unvorbereitet.«

»Dieser Job ist mein größter Traum, Mutter, ich bekomme nie wieder eine solche Chance geboten. Und selbst wenn er mein Leben um ein paar Jahre verkürzen sollte, ist mir das völlig egal.«

»Du hast so gute Chancen, länger zu leben als die meisten Menschen mit Albinismus. Von klein auf hab ich dich mit Sonnencreme eingerieben, alle Muttermale sind entfernt, du trägst eine Sonnenbrille und bleibst drinnen, wenn die Sonne scheint.«

»Man kann, was man will«, sagte Kaspar.

Das hatte die Mutter immer gesagt. Selbst wenn man etwas behindert ist, braucht man nicht gleich in Watte gepackt zu werden. Diese Einstellung ist wohl auch der Grund dafür, dass die Leute Kaspar so bewundern.

Sie schmiegte sich an ihn, oder war er es, der sich an sie schmiegte?

»Du fürchtest dich vor nichts, weil du jung bist. Achtundzwanzig. Ich habe den größten Teil meines Lebens gelebt, aber ich habe trotzdem Angst vor dem Tod.«

Er hielt sie ein Stück von sich weg. Die Mutter war so dünn und gar nicht mehr sie selbst. Jedes Mal, wenn Kaspar kam, konnte er weniger begreifen, dass sie ihre runden roten Wangen und die strahlenden Augen verloren hatte. Jetzt verschwand sie nur noch in ihren schönen Kleidern zwischen den antiken Möbeln und großen Gemälden ihrer Wohnung.

Die herrschaftliche Wohnung der Mutter liegt im Parterre des Hauses, mit einem Zugang zum Garten, direkt im Zentrum hinter dem Konzertsaal. Sie ist Innenarchitektin und war auf diesem Gebiet einmal sehr gefragt. Aber jetzt ist sie im Vorruhestand und verlässt das Haus nicht mehr.

Die Mutter wollte erneut auf den Tisch schlagen, ließ die Hand aber sinken. Ihre Augen waren trocken und für einen Augenblick auch leer.

»Lass mich die Wäsche machen«, sagte sie, »in einer Stunde ist sie fertig.«

»Das ist lieb von dir«, sagte er und hoffte, dass die Mutter nicht bemerkte, dass alles frisch gewaschen war, »ich lege etwas zum Essen in den Kühlschrank.«

Mutter zog die Sporttaschen hinter sich her ins Badezimmer. Durch die halb offene Tür sah Kaspar die Sachen, die ihm immer fremd bleiben würden. Die Plastikkörbe mit der Medizin und den Bandagen und den Handgriff in der

Duschkabine, für den Fall, dass sie das Gleichgewicht verliert.

Die Mutter stellte die Waschmaschine an und legte sich mit einer Decke aufs Sofa. Kaspar stand alleine in der Küche und betrachtete das Feuerwerk draußen, das in den Himmel geschossen wurde. Die Mutter hatte die Uhr gestellt, und nach einer Stunde machte sie den Trockner an und kam schon bald mit den fertig gepackten Sporttaschen zurück. Sie lächelte kurz und schmierte ein paar Brote.

»Ich schreibe dir, wenn es etwas Wichtiges gibt ... wenn es irgendeine Veränderung geben sollte. Ansonsten werde ich nicht stören. Keine Telefonanrufe, ich hasse Telefonanrufe«, sagte die Mutter.

»Ich komme und besuche dich an Ostern«, sagte Kaspar.

Mutter sah ihn an und lächelte ein kleines verlegenes Lächeln. Für einen Augenblick erkannte Kaspar sie wieder, trotz ihrer trüben Augen. Er fand das Blau, ein blaues Meer mit blauen Veilchen auf dem Grund. Sie ließ ihre warme Hand über sein Gesicht gleiten.

»Man kann, was man will«, flüsterte sie.

Kaspar nickte.

»Und denk an die Sonnencreme.«

Das war das Letzte, was sie sagte. Als Kaspar auf die Straße trat, weinte er.

Es hatte nie etwas Wichtiges gegeben. Mutter war die letzten sieben Jahre in Behandlung gewesen, sie hatte die Haare und beide Brüste verloren. Einige Male ging es ihr besser, dann wieder schlechter. In den letzten sechs Jahren hat Kaspar alleine gewohnt, aber bis zur Wohnung der Mutter sind es weniger als zehn Minuten, wenn man den Bus nimmt.

Kaspar öffnet den Schrank und riecht an seinen Sachen. Sie duften immer noch nach seinem eigenen Waschpulver und sind genauso schief zusammengelegt. Die Mutter hatte die Waschmaschine nur in Gang gesetzt.

Sie haben ausgemacht, nicht miteinander zu telefonieren, aber Kaspar hat eine Überraschung für sie. Er hat den Blumenhändler beauftragt, ihr jede Woche einen Blumenstrauß zu bringen.

Es ist jetzt bewölkt. Oben in den Bergen verläuft seine Route. Über den Fjell hinab ins Tal, in dem versteckt die kleine Siedlung liegt. Dort wohnen nur vier, fünf Menschen, aber die müssen ja auch ihre Post bekommen. Obwohl fast das ganze Land von Tunneln durchlöchert ist, meint die Behörde, dass die Siedlung zu klein ist, als dass sich eine Straße dorthin lohnen würde. Und es hat wohl auch keinen Druck von Seiten der Bewohner gegeben.

Das Lamm ist eingeschlafen, ohne seine Milch getrunken zu haben. Die Augenlider zucken, es tritt leicht mit dem Huf.

Im Herbst war Kaspar auf der Titelseite der größten Illustrierten des Landes zu sehen. Das Blatt brachte einige Geschichten über Menschen, die ungewöhnlich aussehen. Sie handelten von Zwergen, Riesen, Zwittern, Mongoloiden, Menschen ohne Arme und auch von dem Albino. Ein Freund hatte Kaspar vorgeschlagen, bei der Zeitung anzurufen. Kaspar tat es, weil er davon ausging, dass die Leute ihn weniger anglotzen würden, wenn sie etwas über Albinismus wüssten.

Der Fotograf hatte seine liebe Not, einen ordentlichen Hintergrund für Kaspar zu finden. Bei gedämpfter Beleuchtung schimmert sein Gesicht wie der Mond, und bei hellem Licht verschwindet Kaspar fast ganz. Auf den meisten Kinderfotos ähnelt Kaspar vor allem einem verwischten weißen Fleck und erinnert an die Fotografien, von denen die Leute behaupten, sie hätten ein Bild von einem Gespenst gemacht.

Der Stylist wollte, dass Kaspar so aussieht, wie er es sich selbst erträumte. Ihm wurden ein paar rote Unterhosen mit dem nationalen Postlogo – einem goldenen Horn – und Postsocken angezogen, und er bekam eine Posttasche über die Schulter gehängt. Dann musste er die Lippen spitzen und so tun, als mache er sich pfeifend auf den Weg. Der Stylist hatte vorher gefragt, ob es in Ordnung sei, wenn er halb nackt auftreten würde. Kaspar sagte ja, denn die Leute sollten alles von ihm sehen. Sonst würden sie ihn weiterhin anglotzen.

All die Andersartigen mussten von ihrem größten Traum erzählen. Es zeigte sich, dass alle vom Unmöglichen träumten. Der Mongoloide wollte zur Universität, der Riese träumte davon, Spion zu werden, der Zwitter versuchte, Familienvater zu werden, der Zwerg wünschte sich, ein Hochspringer zu sein, und die ohne Arme wollte Pianistin werden. Kaspar wollte Landpostbote werden, denn er mochte die frische Luft und die weite Hochebene, aber das Leben an der freien Luft brachte leider zu viel Sonnenlicht mit sich. Der Beruf des Postboten sei das Bedeutsamste, was ein Mensch machen könne, erklärte Kaspar. Es war natürlich auch etwas Besonderes, nachts in einer Halle Post zu sortieren, auch da war man ein wichtiger Teil des großen Ganzen. Aber es war nicht genug. Kaspar wäre überglücklich, wenn er Briefe ins Haus bringen und den erwartungsvollen Blicken der Leute entgegengehen dürfte.

Kaspar erzählte der Zeitung von seiner Kindheit. Wie er

unter dem Briefkastenschlitz auf der Lauer gelegen und auf den Postboten gewartet hatte. Wie sein Herz auf und ab gehüpft war, wenn er die Tür zum Aufgang gehen hörte und muntere Schritte auf der Treppe ertönten. Vielleicht blieb der Postbote an seiner Tür stehen? Kaspar hielt dann die Luft an, sah einen Schimmer von den sonnengebräunten Fingern des Boten, der die Post im Briefkastenschlitz verschwinden ließ. Kaspar drehte sich auf den Rücken und schaute nach oben, während der Postbote die Briefe wie leichte Flocken fallen ließ. Der Postbote stand einen Augenblick still und verschnaufte. Vielleicht summte er eine Melodie und verschwand weiter die Treppe hinauf. Kaspar stand auf und sortierte. Da war immer ein großer Packen für Mutter, denn sie arbeitete als Selbstständige und hatte ihr Büro zu Hause. Wenn etwas für ihn dabei war, war es von der Großmutter oder dem Großvater, Mutters Eltern. *An unseren lieben Schatz*, stand dann auf dem Umschlag. Der Großvater hatte zu viel Porto draufgeklebt und schöne Briefmarken, und die Großmutter hatte einen langen Brief geschrieben.

Kaspar erzählte der Zeitung von der Einsamkeit in seiner Kindheit, zu Hause in der Wohnung. Er erzählte, dass die Freunde immer die Wettervorhersagen hören mussten, bevor sie ihn fragen konnten, ob er zum Spielen komme.

Mutter war wütend und erschrocken zugleich gewesen, als die Illustrierte in ihren Briefkasten geplumpst war. Sie sagte, dass die nur Geld an ihm verdienen wollten.

»Geh nicht auf die Straße«, sagte sie, »und gib niemandem deine Adresse.«

Kaspar war sauer. Sie sprachen einen Monat lang nicht mehr miteinander. Das war vorher noch nie geschehen.

Die Mutter war wohl nicht die Einzige, die sich über das Bild erschreckte. Kaspar war offenbar so schockierend weiß, dass sich ein Sturm von Leserprotesten erhob. Ob es sich hier um ein Horrorkabinett handelte?

Kaspar hatte gehofft, die Leute würden ihn weniger anglotzen, aber das war nicht der Fall. Er war ja in einer Illustrierten mit allen Filmstars und Fotomodellen zu sehen gewesen. Dadurch war er nun halb berühmt geworden. Die Leute schauten in sein Gesicht, und plötzlich existierte er mehr als jemals zuvor. Die Menschen kannten ihn besser, als er sie kannte. Sie spiegelten sich in seinem weißen Gesicht und waren gleichzeitig erschrocken und neugierig.

Aber es gab auch Vorteile, die Kaspar nicht vorhergesehen hatte. Frauen kamen auf die Idee, mitten auf der Straße stehen zu bleiben und mit ihm zu reden. Im Supermarkt legten sie kleine Umschläge in seinen Einkaufskorb, stopften Zettel in seine Taschen oder warfen schnell Briefe in die Pommes-frites-Schachtel, wenn er im Grillrestaurant aß. Alte und junge Frauen wollten sich mit ihm in dem einen oder anderen Café, auf einer bestimmten Bank am Fjord oder in einer Hütte oben auf dem Fjell treffen. Sie waren lichterloh für diese seltsame Mischung aus weißer Haut und Berühmtheit entbrannt. Es war ein besonderer Glanz in ihren Augen, er entfesselte etwas in ihren Händen. Die Frauen flüsterten, er erinnere sie an einen griechischen Marmor-Athleten, an die Perle in der Muschel auf dem Meeresgrund, an den ersten Schnee eines Wintermorgens, den Engel Gabriel, einen blankgescheuerten Boden, die Unschuld selbst, die hohen Wolken oder an den weißen Hirsch, den die Märchenprinzessin in den Wäldern jagt, der aber in Wirklichkeit ein verzauberter Prinz ist.

Nach ein paar Wochen war jedoch alles vergessen, und Kaspar war wieder nur derselbe merkwürdige Fremde auf der Straße wie vorher. Er begann wieder, mit seiner Mutter zu sprechen. Sie fragte, ob er geheimnisvolle Telefonanrufe oder Briefe erhalten habe. Kaspar erzählte nichts von den Frauen. Die Mutter atmete erleichtert auf.

»Die Leute sehen nur deine weiße Haut«, sagte sie.

Kaspar nickte und fragte, warum in aller Welt sie so nervös gewesen sei.

»Weil ich gehört habe, dass es für Menschen nicht gesund ist, so viel angeguckt zu werden. Es gibt Grenzen dafür, wie viele intensive Blicke ein Mensch an einem Tag ertragen kann, ohne sich selbst oder sein Leben zu verlieren. Das ist, wie wenn man zu viel Sonnenlicht abbekommt.«

Die Mutter verstummte, und als Kaspar fragte, woran sie denke, ging sie in die Küche, bereitete ein Drei-Gänge-Menü zu und deckte den Tisch im Garten. Kaspar liebt es, draußen zu essen, wenn das Wetter es zulässt, und an diesem Tag war es bewölkt genug, aber viel zu kalt. Mutter kam mit einer Lungenentzündung ins Krankenhaus, sie war dem Tod nahe, und die Ärzte schimpften.

So ist es in den sieben Jahren gewesen, als die Mutter krank gewesen ist. Sie kann nur bei Sonnenschein und Wärme nach draußen. Für Kaspar muss es bewölkt sein und regnen.

Die Mutter wusste nicht, dass Kaspar am selben Tag zu einem Vorstellungsgespräch bei der Postbehörde gewesen war. Nachdem sich das Aufsehen gelegt hatte, hatte er einen Brief erhalten, in dem er zu einem Gespräch ins Hauptpostamt gebeten worden war.

Der Vormittag war in gleißende Sonne getaucht, es glitzerte in den goldenen Bäumen der Stadt. Kaspar setzte die Sonnenbrille auf, schmierte sich das Gesicht mit Sonnencreme ein und zog den Hut bis über die Ohren hinunter. Das Büro lag in der obersten Etage hinter der letzten Tür am Ende des Ganges. Kaspar klopfte an und trat ein. Der Raum war von blendend weißem Licht durchflutet, das durch die großen Panoramafenster fiel. Er nahm die Sonnenbrille ab, musste aber die Hände vor die Augen pressen. Einen Augenblick lang flatterten Engel im Raum umher.

»Kann ich die Brille aufbehalten?«, flüsterte er.

Der Postbeamte hatte mit dem Rücken zur Tür gesessen und Kaspars Klopfen nicht gehört. Jetzt drehte er sich auf dem Stuhl um und sah ihn erschrocken an. Für ihn war Kaspars Gesicht wohl nichts als ein weißer Klecks. Er räusperte sich.

»Bist du Kaspar?«

Kaspar nickte.

»Ich dachte, die hätten das Foto in der Zeitung manipuliert, aber setz dich doch.«

Der Postbeamte blickte ihn einen Augenblick lang an und kam dann schnell zur Sache.

»Ich kann dir eine Stelle als Landpostbote anbieten, das ist doch das, was du dir wünschst?«

»Aber ich vertrage keine Sonne.«

»Auf der Route, von der ich spreche, ist das Wetter immer schlecht. Es ist dunkel, neblig, bewölkt, regnerisch und stürmisch. Im Winter schafft es die Sonne kaum über die Berge.«

Kaspar kniff sich in den Arm.

»Die Stelle wird bald frei. Der alte Postmeister, Rainar Rusk, tritt ab, soll aber erst noch einen neuen Postboten anlernen.«

Der Postbeamte sah aus dem Panoramafenster.

»Rainar Rusk hat selbst keine Kinder, es gibt auch keine Neffen, die Lust hätten, ihn abzulösen. Die Stellung wird normalerweise in der Familie weitervererbt, das ist am sichersten, aber es scheint, als seien die Jungen heutzutage unglaublich fordernd und wollten ihre Freiheit. Das Besondere an der Stellung ist, dass sie auf Lebenszeit ist und dass du zur Verschwiegenheit verpflichtet bist. Du kannst nicht kündigen, und wir können dir nicht kündigen.«

Er zwirbelte seinen gelockten Schnurrbart, der mit Wachs fixiert war. Kaspar starrte in die Luft.

»Überleg es dir gut«, sagte der Postbeamte.

Als einziges Geräusch war das Ticken der Wanduhr zu hören.

»Danke«, sagte Kaspar.

Der Postbeamte bedankte sich ebenfalls, und Kaspar verließ das Büro mit dem Vertrag in einem geriffelten Umschlag.

Die meisten seiner Freunde hätten sich reingelegt gefühlt. Aber er hatte ja keine Wahl. Kaspar dachte, dass er der glücklichste Mensch auf der Welt war. Dass allen Naturgesetzen getrotzt und eine Tür eingerannt worden war.

Kaspar legt die Matratze zurecht, sie ist nun trocken, und geht hinaus zu Rusk.

»Weißt du, wo man hier Burger bekommt?«

Rusk verspeist einen getrockneten Fisch, den man bis zur Tür riecht.

»Nimm einen Fisch«, knurrt er, »kein Mann, erst recht kein Postmann, kann von Gegrilltem leben.«

Kaspar setzt sich und nimmt sich ein Stück vom Fisch. Er schmeckt besser, als er riecht. Rusk schenkt Schnaps ein und trinkt ohne zu prosten.

»Du brauchst morgen nicht mit über den Fjell zu gehen. Du kannst ausschlafen, du bist ja erst angekommen.«

»Ich komme mit«, sagt Kaspar.

Rusk gießt pechschwarzen Kaffee ein, geht hinaus und pinkelt, so dass es in der Kloschüssel dröhnt. Kaspar wirft den Rest des Fischs in den Abfalleimer.

»Warum soll ich auf Lærkes Lamm aufpassen?«, fragt Kaspar, als Rusk zurückkommt.

Der Postmeister wird rot und haut auf den Tisch.

»Ich rede nicht über Lærke!«

Aber er setzt sich hin.

»Lærke arbeitet in der Siedlung. Die Menschen dort leben von der Schafzucht, aber sie kann es nicht ertragen, wenn die Kleinen geschlachtet werden. Das Lamm ist gestern aus dem Pferch gelaufen, Lærke hat es unter ihrem Mantel versteckt und zu Sofie, die Schafzüchterin in der Siedlung ist, gesagt, dass sie eine Tante in Fåreheim besuchen muss. Sie ist den ganzen Weg über den Fjell gelaufen.«

Rusk lächelt ein bisschen.

»Du musst schwören, dass du es niemandem erzählst. Aber am Abend war sie hier und hat gefragt, ob sie das Tier bei mir verstecken dürfte. Es ist ein ausgezeichnetes Lamm, das für Sofie eine besondere Bedeutung hat. Alle Schafe in der Siedlung sind schwarz, aber ganz selten kommt es vor, dass ein weißes geboren wird. Postboten sollten sich in so etwas nicht verwickeln lassen, aber wie sie so dastand mit dem Lamm auf dem Arm und so ...«

Rusk bricht ab und sagt:

»Es gibt ein Grillrestaurant ein Stück die Hauptstraße hinunter auf der rechten Seite. Dann geh doch dahin, wenn du meinen Fisch nicht magst.«

Zwischen den Häusern liegen kleine Stücke eingezäuntes Land, und aus den Stallungen ist das Blöken der Schafe zu hören. Es ist kein Mensch auf der Straße, aber im Grillrestaurant stehen ein paar Einheimische herum und essen Burger, während sie schweigend auf einen Fernseher gucken. Es gibt Skispringen. Als sie Kaspar erblicken, grinsen sie ein wenig, treten von einem Bein auf das andere und kauen weiter.

»Was willst du haben?«, fragt der schwarzhaarige Junge hinter dem Tresen.

Kartoffeln sieden im Öl, und in der Pfanne braten rote Beefsteaks.

»Zwei Doppelburger und eine große Portion Pommes frites.«

Bald steht auch Kaspar an einem Tisch und kaut. Er schaut ein bisschen Skispringen und blättert in einigen fettverschmierten Illustrierten herum. Der geisteskranke König ist wieder auf der Vorderseite. Das Bild ist unscharf, aber es ist trotzdem deutlich zu sehen, dass er ein Bett aus dem Schlossfenster schmeißt. Das Gesicht des Königs ist verzerrt, er brüllt. *Tag des Zorns* steht da in schwarzen Lettern.

Kaspar blickt auf und lächelt die Leute im Lokal verlegen an.

Kaspar kennt seine besten Freunde seit der ersten Klasse. Wenn sich Menschen lange kennen, machen sie sich nicht besonders viele Gedanken über das Aussehen. Und Kaspar hat nie zu den Albinos gehört, die gemobbt oder als Yeti, Maulwurf, Schneewittchen oder Opa beschimpft werden.

Alle seine Freunde sind beim Militär geblieben, nachdem sie den Wehrdienst abgeleistet hatten. Jetzt sind sie über die ganze Welt verstreut und in einer Friedenstruppe oder als Sprachoffiziere stationiert. Obwohl sie weit weg sind, haben sie Kaspar nicht vergessen. Vielleicht weil er es damals war, der seinerzeit damit begonnen hat, Soldat zu spielen.

Wenn die Sonne schien, saß er alleine drinnen und zeichnete Höhlen und Burgen, die er und die Freunde später im Garten nachbauen konnten. Er erfand Code-Systeme und heftete alte Klamotten zusammen, die er in Camouflagefarben besprühte. Auf diese Weise konnten sie herumlaufen, ohne vom Feind auf der anderen Straßenseite entdeckt zu werden. Kaspar erfand außerdem eine Kanone, die mit Vogelbeeren schießen konnte.

Ein paar Mal im Jahr durfte er hinaus, obwohl die Sonne vom wolkenfreien Himmel schien. Am Anfang versteckte sich Kaspar unter dem Sofa, so dass die Mutter ihn hervorziehen musste. Sie wollte, dass er den Sonnenschein erlebte und nicht von allem fern gehalten wurde. Während Kaspar mitten im Zimmer stand und weinte, zog sie ihm lange Hosen, ein hochgeschlossenes Hemd, Strümpfe, Schuhe und Handschuhe an. Alles in Schwarz. Sie stülpte ihm eine burkaähnliche Kapuze über den Kopf, und er bekam eine große Sonnenbrille auf die Nase. Die Hautpartien, die unverhüllt blieben, wurden mit einem Sunblocker eingeschmiert. Kaspar glich einem mystischen Ritter. Als Überraschung hatte Mutter einen schwarzen Umhang genäht und Großvater ein blinkendes Schwert ausgesägt. Kaspar ging langsam durch das Gartentor hinaus.

Obwohl er lange stehen bleiben und warten musste, bis ihn das Sonnenlicht nicht mehr blendete, zeigte es sich, dass der Sonnenschein etwas Besonderes war. Mutter nahm ihn an der Hand, und sie gingen hinaus ins Viertel, um die Freunde zu suchen. Alles war leicht, und jeder war glücklich. Die Stimmen der Leute veränderten sich, sie lächelten mehr als sonst, und die Sonnenstrahlen schillerten im Fjord. Wie war doch der Himmel hoch, so strahlend blau und unendlich! Als Kaspar einen Augenblick lang in die Sonne sah, kamen weiße Engel geflogen und reichten ihm die Hände.

Die Freunde waren auf das Ritterkostüm neidisch, genauso wie sie auf sein großes Zimmer mit all dem Spielzeug und auf die schöne Mutter neidisch waren. Sie wurden rot, wenn sie ihnen ein Pflaster aufklebte, nachdem sie gefallen waren und sich verletzt hatten. Und wenn die Freunde bei Kaspar übernachteten, wurden sie erst nach zwölf ins Bett geschickt.

Als sie Teenager waren, war Kaspars Zimmer der einzige sichere Unterschlupf für sie. Sie liefen in den gleichen schwarzen T-Shirts mit dem Aufdruck Gitarre spielender Skelette herum. Die Freunde färbten sich die Haare schwarz oder bleichten sie, so dass sie denen von Kaspar glichen. Ihr Tag-und-Nacht-Rhythmus kehrte sich um, jetzt fühlten auch sie sich nachts am wohlsten, wo sie dann Computer spielten oder Musik hörten. Wenn gegen Nachmittag die Rollos hochgezogen wurden, blendete das Licht auch die Augen der Freunde.

Als sie erwachsen wurden, blieb Kaspar als Einziger in der Stadt zurück. Die Freunde nannten ihn Leuchtturmwärter, da sie wussten, dass sie immer willkommen waren, wenn sie nachts Licht in seinem Fenster sehen konnten.

Das kommt nicht nur daher, dass Kaspar ein Albino ist, sondern dass die Nacht etwas Besonderes ist. Es sind die frühen Morgenstunden, in denen alles Entscheidende geschieht. Tage und Abende können unendlich erscheinen, aber die Nächte enden irgendwann.

Ein Freund kam vielleicht gegen acht Uhr vorbei, trank ein Bier, erzählte von Mädchen und vergangenen Tagen. Kaspar schaute sich Bilder von dem Ort an, an dem er stationiert war, und alles schien in Ordnung zu sein. Aber dann kam die späte Nacht, wo alles zerbrach und die Sterne ihre Positionen am Himmel erreichten. Der Freund war müde, betrunken, und die Uniform zerknittert. Dann erzählte er von elternlosen Kindern, von Familien, die in ihren eigenen Häusern verbrannt wurden, von Frauen, denen die Brüste abgeschnitten und die vergewaltigt wurden, von Folterern, die Menschen mit einem Stock auf die Fußsohlen schlugen, von minenzerfetzten Körpern und von Giftgasen.

»Kaspar«, flüsterte er, »hast du je darüber nachgedacht, dass auch wir sterben können?«

Kaspar versuchte, nicht über die Naivität des Freundes zu schmunzeln. Er, der eine kranke Mutter hatte und selbst mit einer Haut geboren worden war, die eine tickende Zeitbombe darstellte. Er, der die Sonne zum Feind hatte, während sie für alle anderen Schöpfer des Lebens war.

Kaspar klopfte dem Freund auf die Schulter, holte einen Eimer, falls dieser sich übergeben musste, oder schenkte ihm einen Whisky ein, wenn er noch nicht betrunken genug war, um einzuschlafen.

Wenn der Freund dann am nächsten Morgen zugedeckt auf dem Fußboden erwachte, hatte er genügend Seelenfrieden, um zu fragen:

»Was machst du so zur Zeit, Kaspar?«

»Tja, ich sortiere Post.«

Der Freund sagte immer, dass er etwas anderes finden müsse. Einen Job annehmen müsse, wo er Menschen treffen könnte oder vielleicht auf Reisen gehen? Kaspar sei viel zu gut, um sich nachts in der Post zu verstecken. Der Freund rüttelte ihn an den Schultern. Kaspar hatte sich lange genug um seine Mutter gekümmert, jetzt war er an der Reihe zu leben.

Aber Kaspar vermisst seine Mutter, jetzt, wo er im Grillrestaurant steht und den Pappteller zusammenknüllt. Er nickt der Bedienung zu und geht. Die Kerle glotzen ihm durchs Fenster hinterher, Kaspar bleibt stehen und winkt ihnen zu. Sie wenden ihre Blicke schnell wieder dem Fernseher zu.

Es wird schon dunkel, und die Straßenlampen flackern einen Augenblick lang, als sie eingeschaltet werden. Weit über Kaspars Kopf erheben sich die Berge. An einem Kiosk kauft er Milch.

Als er die Küche betritt, nickt er Rusk zu und fragt, wann sie am nächsten Morgen aufstehen müssen.

»Wir beginnen um halb sechs mit dem Sortieren, aber du hast bestimmt Schlaf nötig, du siehst schrecklich aus.«

Kaspar macht die Milch warm, füllt sie in die Schale und geht in sein Zimmer. Hier stinkt es nach einem Furz von dem Lamm, das aufspringt, nach seinem Finger schnappt und überhaupt nicht an der Milch interessiert ist.

Kaspar nimmt seine Vitamin-D-Tabletten und putzt sich vor dem Spiegel die Zähne. Die kurzen Haare sind sehr hell, aber das liegt in der Familie. Es ist die Haut, die sonderbar ist. Sie ist blendend weiß, trocken und faltiger als bei anderen Menschen seines Alters. Er hat einige rote Flecken im Gesicht, denn er verträgt auch Frost nicht gut. Die Augen sind hell und zart, aber nicht rot. Es ist ein weit verbreitetes Vorurteil, dass alle Albinos rote Augen haben.

Kaspar wendet das Gesicht ab und beeilt sich, die Zähne fertig zu putzen.

Der einzige Vorteil, ein Albino zu sein, der ihm unmittelbar in den Sinn kommt, ist der, dass er als Teenager nie seinen Ausweis vorzeigen musste, wenn er Alkohol kaufen oder in eine Diskothek wollte. Kaspar hat viele Jahre lang wie ein Erwachsener oder ein älterer Mann ausgesehen. Wenn er das Glück hat, lange genug zu leben, wird er eines Tages völlig normal sein. Wenn seine Freunde alt werden, bekommen auch sie weißes Haar, bleiche Augen und eine helle Haut. Kaspar hat manchmal darüber spekuliert, wie das wohl sein würde. Wird er immer noch die Blicke der Menschen spüren, selbst wenn keiner mehr guckt?

Kaspar zieht die Verdunklungsgardine für die Nacht auf. Das Postamt ist das höchste Gebäude in Fåreheim, so kann keiner hereinschauen auf seine durchsichtigen Pobacken. Das grüne Nordlicht knistert in langen Bahnen, und die Sterne blinken wie freundliche Augen. Kaspar holt sein kleines Fernglas heraus und ärgert sich, dass er in seinen Sporttaschen keinen Platz für das Fernrohr hatte. Er lehnt sich gegen die kalte Scheibe, bis sie knirscht, und sucht die Sternbilder, die er gerne mag.

Es war genau zur Weihnachtszeit – Kaspar war in der zweiten Klasse –, als er anfing, sich für Sterne zu interessieren.

Die Klasse sollte das alljährliche Krippenspiel aufführen, und der Lehrer las das Weihnachtsevangelium laut vor, während er die Personen an die Tafel schrieb. Es zeigte sich, dass einer der Heiligen Drei Könige Kaspar hieß. Die Klasse rief und schrie, dass Kaspar ihn spielen solle, aber der Lehrer sagte, dass Kaspar der schwarze König sei. Am nächsten Tag kam er in die Schule, hatte das ganze Gesicht mit Lebensmittelfarbe beschmiert und bekam die Rolle. Er spielte sie gut, trug den Kopf hoch und schritt dem Stern entgegen, der auf die Kulisse gemalt war, gleich über der Krippe mit dem Jesuskind, das dalag und seine Plastikarme ausstreckte. Jeder der Heiligen Drei Könige hielt sich eine Papprolle, die ein Fernrohr darstellen sollte, vor ein Auge.

In den folgenden Tagen sprach Kaspar ein Nachtgebet, nachdem die Mutter gute Nacht gesagt, das Licht gelöscht und die Tür geschlossen hatte. Er wünschte sich sehnlichst ein Fernrohr. Und als sie am Heiligabend um den Weihnachtsbaum liefen, schielte er abwechselnd zu dem länglichen roten Paket unter dem Baum und dem glitzernden Stern auf der Spitze des Baumes. Er spürte, dass da ein Licht für ihn war, ein Licht für alle Menschen, die dazu bestimmt waren zu folgen. Kaspar blinzelte mit den Augen und atmete tief durch.

Als Mutter, Großmutter, Großvater und Kaspar das Kirchenlied mit der Zeile sangen: *Und gerade als der Mitternachtshahn krähte, wurde Jakobs Stern zu einer Sonne,* wurde Kaspar nachdenklich: Was hatten die Sterne und die Sonne miteinander zu tun?

Selbstverständlich war in dem roten Paket ein Fernrohr, und Mutter, Großmutter und Großvater wollten auf den Dachboden gehen und es sofort ausprobieren. Aber Kaspar war nervös, konnte es wirklich sein, dass in der Weihnachtsnacht Sterne zu Sonnen wurden? Die Erwachsenen sagten nichts, sie lachten nur, während sie hinaufgingen.

Großvater öffnete die Dachbodentür hinauf zu den Tausenden von Sternen und zeigte Kaspar, wie er das Fernrohr einstellen musste. Kaspar schauderte und wagte es nicht, das Auge an die Linse zu halten. Das würde ja das Ganze vergrößern, und wenn Sterne wirklich zu Sonnen würden, dann ...

Mutter lächelte, und Großvater richtete das Fernrohr auf zwei Sterne aus, die Kastor und Pollux heißen. Die Familie stand da und wartete darauf, dass Kaspar hindurchschaute.

»Aber das sind ja Sonnen«, flüsterte er.

Die Nacht war still, einzelne Schneeflocken funkelten, die Häuser duckten sich unter den schwarzen Dächern. Die Familie war ganz alleine unter dem Himmel, und Kaspar hielt die Hand vor die Linse.

»Sterne sind Sonnen«, sagte Großvater, »aber sie sind weit entfernt und leuchten nur schwach. Das ist der Grund, warum sie nur nachts sichtbar sind. Am Tag werden sie von der Sonne weggewischt.«

Kaspar setzte langsam das Auge an die Linse. Die Sterne wurden größer, blendeten ihn aber nicht im Geringsten.

»Versuch den großen Stern auf der rechten Seite heranzuzoomen, er heißt Kastor«, sagte Großvater, »Kastor und Pollux waren Zwillinge, sie waren unzertrennlich, und als Kastor getötet wurde, wollte auch Pollux nicht mehr leben. Pollux war der Sohn eines Gottes, während Kastor nur ein Mensch war. Pollux hätte für ewige Zeiten mit den Göttern zusammenleben können, da er aber beschloss, mit seinem Bruder zu sterben, endete er in dem unheimlichen Totenreich der Menschen. Aber das war ihm völlig egal, wenn nur sein Bruder da war.«

»Kastor ist groß«, sagte Kaspar.

»Er ist ein sehr interessanter Stern«, sagte Großvater, »denn er ist ein Zwillingsstern. Kastor besteht aus einem ganzen System von Zwillingssonnen, die umeinander kreisen. Deshalb leuchtet er so stark.«

Rusk rumort in der Küche herum, der Wind pfeift um das hohe Postamt. Das Lamm hat immer noch nicht seine Milch getrunken und ist auf dem Fußboden eingeschlafen. Ein Auto rutscht unten auf der Straße vorbei.

Kaspar schlägt die Bettdecke auf, stellt den Wecker und zieht die Unterhose aus. Das Bett hat in der Mitte eine Kuhle, in der wohl der frühere Postbote geschlafen hat. Es ist, als läge man in einer Backform. Kaspar wird es warm, und er schläft mit einem Lächeln auf den Lippen ein.

Kaspar hält lange den klingelnden Wecker in der Hand, bis er weiß, wo er ist. Er zieht sich warme Sachen an, setzt Sonnenbrille und Hut auf. Kaspar putzt die Zähne und schmiert sich das Gesicht mit Sonnencreme ein. Dann muss er auf die Toilette, das ist sicher Rusks Kaffee von gestern.

Rusk steht in der Küche, packt Trockenfisch in die Posttasche und füllt den Flachmann.

»Geh doch und leg dich wieder hin«, sagt er und knöpft sich die rote Uniform zu. Sie ist aus Wolle und ziemlich steif. Kaspar nimmt eine Scheibe Brot und geht mit hinunter ins Postbüro.

Er hat die Straßennamen des Bezirks schon zu Hause geübt und beginnt sofort zu sortieren. Die Briefe gleiten ihm schnell durch die Finger und werden in die richtigen Fächer gelegt, während er eine kleine Melodie pfeift. Rusk brummt und wendet ihm den Rücken zu.

Plötzlich wacht Kaspar auf. Er wacht auf, und ihm fällt ein, dass die Gefahr besteht, einen Brief von Mutter zu finden. Kaspar beißt die Zähne zusammen, macht Tempo und sortiert so schnell, dass er sich hinterher weder an Namen noch an Adressen erinnern kann. Plötzlich steht Rusk neben ihm und sagt, dass er tüchtig ist. Er öffnet einen Schrank und nimmt eine nagelneue Uniform, ein Paar Stiefel, eine Schirmmütze und eine Posttasche heraus.

Kaspar zieht sich auf der Toilette um. Die knallrote Uniform mit den goldenen Knöpfen passt gut zu seiner Haut. Er richtet sich auf, lächelt und kehrt zurück. Rusk blickt auf und nickt, ihm steht der Schweiß auf der Stirn, er hat noch nicht viele Briefe sortiert.

Um sieben Uhr geht die Tür auf, und es ertönt ein lautes Lachen. Ein Mann und eine Frau kommen herein. Sie ruft: »Guten Morgen«, und er lacht freundlich. Sie hat helles Haar und blaue Augen. Er ist solariumgebräunt, hat kräftige Oberarme und trägt einen Pferdeschwanz. Die Frau versucht, natürlich zu lächeln, als sie Kaspar bemerkt, aber ihr Blick weicht ihm erschrocken aus.

»Ich heiße Anne-Grethe«, sagt sie und bleibt stehen.

»Hans«, sagt der Mann und reicht Kaspar die Hand.

»Ich bin der neue Postbote«, sagt Kaspar.

Es wird ganz still. Hans und Anne-Grethe blicken verlegen zu Rusk, der in den Briefen kramt.

»Du bist ganz schön blass«, sagt Anne-Grethe.

Kaspar antwortet nicht.

»Aber es ist schön, dass jemand etwas Helligkeit in diese dunkle Winterzeit bringt«, fährt sie fort.

Kaspar nickt, räuspert sich und weiß, dass es so noch einige Tage weitergehen wird. In einer Woche werden sie sich wohl an sein Aussehen gewöhnt haben.

»Nun denn«, sagt Anne-Grethe, »wir müssen anfangen.«

Alle beugen sich über den Tisch und sortieren. Hans ist genauso schnell wie Kaspar, Anne-Grethe hat ihr eigenes Tempo.

»O mein Gott«, sagt sie, »hört mal her.«

Anne-Grethe liest Postkarten vor und grinst.

»Erik und Liv sind in Neapel gewesen, und seht mal, die hier ist von Gudrun, sie ist in Mailand.«

Kaspar schließt die Ohren, er ist Beamter im Dienst und hat Schweigepflicht. Rusk geht zur Toilette.

»Dann hat die Postbehörde also einen Nachfolger gefunden«, sagt Hans leise.

Kaspar nickt.

»Kennst du jemanden hier in der Stadt?«

Kaspar schüttelt den Kopf.

»Es ist interessant, dass deine Route zur Siedlung führt«, sagt Anne-Grethe, »ich kenne niemanden außer Rusk, der dort gewesen ist. Sofie, die Schafzüchterin, hat den Fjell mit Stacheldraht abgesperrt, damit ihre ganz besondere Schafrasse nicht wegläuft und sich mit anderen vermischt. Es soll dort in der Siedlung ein großes weißes Schloss geben, aber keiner weiß, wer dort wohnt.«

Rusk kommt zurück und schmeißt einen Haufen Post auf den Tisch.

»Ah«, sagt Anne-Grethe und öffnet einen Postsack, »hier sind die neuen Illustrierten.«

Sie kippt die Zeitschriften auf den Tisch, sie sind eingepackt, und fingert verzweifelt am Plastik herum, bekommt die Umhüllung aber nicht auf. Sie muss sich damit abfinden und weiter sortieren.

Hans und Anne-Grethe gehen um neun Uhr.

»Geh nach oben und schlaf«, sagt Rusk zu Kaspar, »ich fahre jetzt.«

»Ich bin nicht müde.«

»Doch, bist du, aber du kannst hoffentlich auf Skiern stehen?«

Als Kind ist Kaspar mit der Mutter im Skiurlaub gewesen. Sie zogen los, wenn das Wetter schlecht war, und hatten die Langlaufloipen immer ganz für sich alleine. An frostklaren Sonnentagen saßen sie in der Hütte und tranken Kakao.

Kaspar und Rusk steigen ins Postauto und rasen aus der Stadt einen schmalen Bergweg hinauf. Es ist noch fast dunkel, und es sind nur die weißbemalten Steine, die die Grenze zwischen der Straße und dem Abgrund markieren, zu sehen. Aber Rusk steuert das Auto sicher durch alle Kurven, die Reifen schleudern Matsch hinaus ins Dunkel, und je höher die beiden kommen, umso mehr nehmen Regen und Graupel zu.

Der Tag bricht an. Langsam wachsen die Berge, und der Abgrund wird tiefer. Rusk lenkt scharf nach rechts und bremst abrupt. Dann springt er hinaus, öffnet den Kofferraum und hievt zwei Paar Langlaufski heraus. Sie sehen aus wie aus einem alten Film und müssen mit Draht um die Stiefel geschnallt werden.

»Sie sind gewachst«, sagt Rusk, »es sind die von Apostel-Per, er war vor mir der Postbote.«

Kaspar folgt Rusk zum Stacheldrahtzaun hinüber. Rusk bleibt an einer Pforte stehen und tippt, mit der Hand verdeckt, einen Code ein.

Die erste halbe Stunde kraxeln sie durch eine Mischung aus Schlamm und Schnee, die Skier unter den Armen. Kaspar klammert sich an welke Grasbüschel und versucht, nicht hinunterzusehen. Aber hinaufzublicken zu Rusks Arsch und zu sehen, wie schnell er seine alten Beine bewegen kann, ist auch nicht lustig. Kaspar läuft der Schweiß in Strömen herunter, er pustet weiße Wolken, die hinauftreiben und verschwinden. Zum Schluss müssen sie sich mit den Armen hochstemmen und über eine Felskante krabbeln. Dann sind sie auf dem Fjell, der wie eine lange, unberührte Fläche vor ihnen liegt.

Die Skier werden angeschnallt, und Kaspar lässt Rusk voranfahren. Er bringt es nicht übers Herz, die erste Spur zu ziehen.

Rusk blinzelt mit den Augen, stößt sich ab und gleitet durch das Gelände. Pagodenförmige Steinhaufen ragen aus dem Schnee. Auf der rechten Seite ruhen große windzerzauste Berggipfel. Über ihnen treiben die Wolken.

Kaspar hat Lust zu rufen und zu schreien, dass nun der Landpostbote Kaspar kommt! Nun folgt auch er seinem Weg in dem roten Netzwerk, das sich über das ganze Land, ja über die ganze Welt erstreckt. Kaspar wird mit Sehnsucht erwartet, und die Postboten kennen alle Menschen, auch die, die nur Reklame und Fensterbriefe bekommen. Er ist Briefträger, der Nachricht bringt von Wichtigem und Unwichtigem, von Freude und Kummer. Er bringt Pakete, die mit vorsichtiger Hand geöffnet werden müssen, und Pakete, die man aufreißen kann. Kaspar johlt und holt Rusk ein, während er nach seltenen Tieren des Fjells Ausschau hält.

Rusk wendet den Kopf und sieht zurück zu Kaspar. Es ist etwas Merkwürdiges ins Rusks Gesicht. Er stiert vor sich hin, fast blind. Die Lippen bewegen sich, aber es kommt nur ein leises Murmeln. Rusk erhöht das Tempo, Kaspar hastet in Rusks Spur hinterher und schwört sich, wenn er nach Hause kommt, einem Fitnessclub beizutreten. Dann stolpert er über ein Felsstück, liegt plötzlich mit dem Kopf im Schnee begraben und formt einen Engel mit seinen Armen und Beinen, während er damit kämpft aufzustehen.

Kaspar fährt Rusk hinterher, der nur noch ein roter Fleck

ist, weit weg. Glücklicherweise hält dieser auf einem Berggipfel an, und Kaspar kann ihn einholen. Rusk nippt an seinem Flachmann und bietet auch Kaspar etwas davon an. Der Gipfel ragt hinauf über die Wolken, schwarz und glänzend. Von hier oben können sie sehen, wie das Wetter wechselt. An einigen Stellen schneit es aus schwarzblauen Wolken, an anderen Stellen ist es nur leicht bewölkt. Rusk zeigt auf einen zerklüfteten blauen Gletscher, der sich in einiger Entfernung bei einem zweiten Berggipfel befindet. Von dort kommt der kalte Wind. Links vor dem Gletscher, auf einem dritten Gipfel, liegt ein weißes Schloss.

»Wer wohnt dort?«

Rusk sieht Kaspar mit einem Blick an, der durch und durch geht, und schüttelt den Kopf, so dass Kaspar sich jung und dumm fühlt.

Rusk und Kaspar fahren einen Hang hinunter, und die Siedlung kommt in Sicht. Man hört Schüsse, und dann fliegen zwei Kugeln an Kaspar vorbei. Rusk bremst mitten im Hang, und Kaspar purzelt an seine Seite. Rusk kramt in seinen Taschen, holt ein fast weißes Taschentuch heraus und winkt damit.

»Es kommen nur selten Fremde in die Siedlung. Es ist am besten, wir melden uns bei Sofie an.«

Rusk fährt weiter abwärts.

»Wir müssen die Briefe bei Sofie abliefern«, ruft er, »sie ist die Postzentrale der Siedlung.«

Zwischen den Häusern ist es windgeschützt, bei Sofies Haus wächst, genau wie bei den drei anderen, Gras auf dem Dach. Rechts und links von ihrer Tür stehen zwei Marmorsäulen, Kaspar starrt sie staunend an.

»Sofie hat in den letzten Jahren viel Geld verdient«, sagt

Rusk, »sie hat die Schafzucht von ihren Eltern übernommen, den Betrieb aber modernisiert.«

Rusk stellt die Skier ans Haus, öffnet die Tür, zieht die Stiefel aus und betritt das Zimmer. Hier ist eine Bullenhitze. Kaspar bindet seine Stiefel auf, der Fußboden weist ein sehr schönes Muster aus verschiedenen Holzsorten auf.

Einen Augenblick lang ist es unmöglich zu erkennen, ob die Person, die im Zimmer sitzt, männlich oder weiblich ist. Erst als sie sich erhebt und ihnen entgegenkommt, erkennt Kaspar, dass es Sofie sein muss. Sie trägt ein blau gestreiftes Kleid und ist groß und muskulös. Das graublonde Haar ist im Nacken zusammengebunden, die Augen unter den gebogenen Brauen sind tiefblau, und über der Oberlippe wächst ein großes schwarzes Barthaar. Sofie hebt ein Gewehr und zeigt damit auf Kaspar.

»Wer bist du?«

Sie streicht sich mit einer Hand durchs Haar, dreht sich auf dem linken Absatz um, kneift die Augen zusammen und blickt ihn durch den Sucher an.

Einige glauben, Kaspar sei ein Gespenst. Andere denken, dass er sich maskiert hat, um die Leute zu veralbern. Wieder andere sind der Meinung, er sei ein Engel, der gekommen ist, um sie zu holen.

»Das ist Kaspar, der gerne Postbote sein will«, erklärt Rusk und setzt sich.

Sofie lässt das Gewehr sinken, wird blass und blickt abwechselnd zu Rusk und zu Kaspar. Dann ballt sie die Fäuste und geht in die Küche. Sie kommt mit Kaffee zurück, setzt sich in den Schaukelstuhl, legt das Gewehr in den Schoß, beugt sich vor, ergreift Kaspars Hand und schüttelt sie. Die Hand ist groß und rau, aber als sie Kaspar in die

Augen sieht, kichert sie, stupst mit der Nase an seine Hand und schnuppert.

»Setz dich hin und iss, wir müssen zurück, bevor es dunkel wird«, sagt Rusk.

Kaspar nimmt auf einem Rokokosofa Platz, Sofie kräuselt die Lippen, schenkt Kaffee ein und schneidet die Biskuitrolle mit Himbeeren auf. Die Eiszapfen in Rusks Bart schmelzen und tropfen in den Kaffee.

»Rusk, es ist nicht zu glauben, dass es schon so viele Jahre her ist, seit du das erste Mal hergekommen bist.«

Sofie sieht Kaspar an:

»Wie alt bist du?«

»Achtundzwanzig.«

»Nur etwas älter als Rusk, als er anfing.«

Sofie blickt in die Luft.

Die Kachel- und Heizöfen glühen, Kaspars vereiste Wangen verwandeln sich in Feuer, und seine Wadenmuskeln zittern. Am liebsten würde er die Uniform aufknöpfen und Hemd und Hose ausziehen, aber er ist ja ein Beamter im Dienst. Sofie schenkt Kaffee nach, und der ist schwärzer als der von Rusk. Der Postmeister zerrt die Briefe aus der Tasche, Sofie feuchtet den Zeigefinger an und beginnt zu sortieren.

Kaspar blickt sich im Zimmer um. Das Zuhause ist ein geschmackloses Sammelsurium von Kelimteppichen, traditioneller Holzschnitzarbeit, einem Designersofa, einem Rokokosofa, einem Bild von Trampedach, einigen Gemälden mit röhrenden Hirschen und einem IKEA-Regal. Auf jeder Fensterbank steht ein Fernglas, so kann Sofie alles im Auge behalten. Sofie ist eine typische Neureiche, so eine, für die Mutter nie das Einrichten übernehmen wollte.

Sofie entfernt die Plastikhülle von den Illustrierten dieser Woche und den Einrichtungsmagazinen. Rusk und Kaspar stehen auf, um zu gehen, und Sofie steckt den Rest der Biskuitrolle in Kaspars Tasche. Er hat schon jetzt Magenschmerzen vom Kaffee.

»Du bist sehr blass«, sagt Sofie, als sie dabei sind zu gehen, »aber so seht ihr vielleicht aus auf der anderen Seite der Berge.«

Sie unterbricht sich und öffnet die Tür. Ein Schaf blökt im Wind.

»Ich brauche eure Hilfe«, sagt Sofie, »eins von meinen Schafen hat vor ein paar Wochen ein Lamm bekommen. Ein kleines weißes Lamm. Aber es ist verschwunden, und ich vermute, es hat sich vielleicht durch den Zaun gezwängt, hat sich auf dem Fjell verirrt und ist dort umgekommen. Sagt mir, wenn ihr es seht.«

Sofie öffnet und schließt ihre Hände, aber ihr Blick bleibt gleich. Sie verabschiedet sich.

Der Kaffee ätzt im Magen, und Kaspar spürt, dass er bald auf die Toilette muss. Sofie schließt die Tür, und die Postboten schultern ihre Skier.

Am Schafspferch steht ein junges Mädchen, es trägt ein langes grünes Kleid und eine Pelzmütze.

»Lærke«, ruft Rusk und winkt.

Er stapft durch den hohen Schnee, aber sie verschwindet im Stall und schlägt die Tür so laut hinter sich zu, dass es von den Bergen widerhallt. Rusk bleibt stehen, starr wie eine Säule.

»Komm«, sagt Kaspar, »wir müssen zurück.«

Rusk wendet sich um und wandert hinter Kaspar her. Sie gehen den langen Weg hinauf zum Berggipfel und machen dort Halt.

»Warum bist du Postbote geworden?«, fragt Kaspar.

Es dauert eine Weile, bevor Rusk antwortet.

»Apostel-Per war mein Onkel. Ich war mit Sicherheit das einzige Familienmitglied, das sich als Nachfolger eignete.«

Kaspar muss scheißen, er verschwindet hinter dem Gipfel, zieht die Hose herunter und hockt sich hin.

»Stopp«, ruft er, als Rusk über den Fjell davongleitet.

Der Wind heult und pfeift Kaspar um den Arsch, er stöhnt, zieht die Hose hoch, schnallt die Skier an, folgt Rusks Spur und holt den Postmeister ein.

Rusk wendet den Kopf, sein Gesicht ist wieder erstarrt. Die Augen sind weiß wie Schnee. Kaspar berührt ihn am Rücken mit einem Skistock, aber Rusk schüttelt ihn nur ab – so als wäre Kaspar nur ein plötzlicher Windstoß. Vielleicht hat Rusk die Landschaft in sich aufgesogen. Vielleicht ist Rusk in der Landschaft aufgegangen.

In Kaspar wächst die Freude am Fjell. Ein Schneehase kommt angehoppelt, ein Fjellschneehuhn sitzt auf einem Steinhaufen und guckt mit schiefgehaltenem Kopf. Sie haben keine Angst vor Kaspar und folgen ihm.

Jetzt zieht die Dunkelheit in ungewöhnlichen Farben herauf. Die Luft wird kalt, und in den Beinen macht sich die Milchsäure bemerkbar. Große Schneeflocken fallen herab und halten sich an den Postuniformen fest. Erst als sie den Abhang zum Parkplatz hinuntergehen, wird Rusk wieder er selbst. Er nimmt einen Schluck Schnaps und blinzelt mit den Augen.

Die Tiere kehren auf den Fjell zurück.

Kaspar rutscht das letzte Stück auf dem Hintern hinunter und stoppt wenige Meter vor dem Stacheldrahtzaun. Die Wolken umschließen den letzten Rest des Tageslichts, als die Postmänner durch das Tor gehen.

»Du musst versprechen, nie mehr zu scheißen, wenn es schneit«, sagt Rusk, als sie im Auto sitzen, »man kann dich verdammt noch mal nicht sehen, wenn du dich ausziehst.«

Er lacht laut und lange. Kaspar lächelt ein bisschen.

Bevor sie hinauf in die Wohnung gehen, leert Rusk den Briefkasten. Er reicht Kaspar einen weißen Umschlag und behält selber die Prospekte. Kaspars Herz klopft so stark, dass es wehtut.

»Soll ich nicht einkaufen gehen, brauchen wir etwas?«

»Ich habe einen Kasten mit getrocknetem Fisch im Schrank«, sagt Rusk und zuckt mit den Achseln.

Dann kann es Kaspar doch nicht lassen, auf das Kuvert zu gucken. Er atmet erleichtert auf, es ist nicht von Mutter, aber er ist schon in Schweiß gebadet. Der Brief ist von einem seiner Freunde, der ihm ein Bild von sich in Uniform schickt und etwas darüber schreibt, was er im Feld macht. Der Schweiß verdunstet, und Kaspar friert.

Kaspar geht einkaufen und kocht für Rusk, der den Fleischeintopf genießt und erzählt, so dass ihm die Soße aus den Mundwinkeln rinnt:

»... also, weißt du, Sofies Schaf nennt man Stradivarius-Schaf. Nach dem Geigenbauer. Er fand das beste Holz ganz oben in den Bergen. Je langsamer Holz wächst, umso dichter werden die Jahresringe, und das gibt den Violinen ihren schönen Klang. Bei den Schafen ist das fast genauso. Eines der Geheimnisse, das sich hinter dem feinen Fleisch verbirgt, ist, dass sie hoch oben in den Bergen leben. Das Fleisch ist fest, aber verdammt zart. Sofie hat mir ein Stück geschenkt, damals, als wir jung waren. Ansonsten ist es scheißteuer. Das Fleisch ist ganz von Fett durchzogen, so dass es fast aussieht wie eine Salami. Die Rasse ist sehr alt, man findet sie nirgendwo sonst mehr in der Welt. Sie kam einst aus dem Osten. Als Sofies Eltern den Betrieb führten, waren die Schafe nichts Besonderes. Sie waren bloß knochige Etwas, die das ganze Jahr auf dem Fjell herumliefen. Aber Sofie fing sie ein, investierte in den Stacheldrahtzaun und begann mit der Zucht.«

Rusk nimmt sich noch eine Portion.

»Im Großen und Ganzen exportiert Sofie nur nach Japan. Die Leute hier im Land haben an so teuren Fleischprodukten kein Interesse. Wir kaufen allerhöchstens die Köpfe, um sie mit Kohlrabi und Schnaps zu essen. Die japanischen Importeure kommen mit dem Helikopter in die Siedlung und holen ein Schaf oder auch zwei. Sie schreiben Sofie vorher, so dass sie weiß, wann sie kommen. Japanische Briefmarken sind unglaublich schick.«

Rusk holt den Schnaps aus dem Schrank.

»Die Schafe werden mit Bier, Getreide und einigen ganz besonderen lilafarbenen Blumen gefüttert. Die wachsen im Sommer oben auf dem Hochfjell. Wenn Sofies Schafe den Stall nicht verlassen und sich draußen bewegen können, weil es zu kalt ist, werden sie von Sofies Mitarbeitern massiert.«

Er streicht mit der Hand über den Tisch.

»Und deshalb ist Lærke angestellt, um für die Schafe Flöte zu spielen. Sie ist sehr, sehr gut. Es sieht fast aus wie ein ganzes Ballett, wenn die Tiere zur Musik herumtänzeln.«

Rusk kippt ein paar Schnäpse und redet nur noch von Lærke und wieder Lærke. Kaspar steht auf und wärmt etwas Milch für das Lamm. Er geht in sein Zimmer und stellt die Schale auf den Boden, aber es trinkt erst, als er das Maul in die Milch taucht. Es schlabbert die Milch auf, um nicht zu ertrinken. Kaspar lobt das Lamm und blickt in die seltsamen Augen. Das schlangenartige und das kindliche.

Während Kaspar dem Lamm den Rücken kehrt, die Zähne putzt und seine Vitamin-D-Tabletten schluckt, hört er ein langes Platschen. Die Milch spritzt hinten aus dem Lamm genauso weiß heraus, wie sie hineingekommen ist. Kaspar seufzt, ist aber nicht mehr fähig, sich Sorgen zu machen. Er zieht die Unterhose aus und schläft ein.

Am nächsten Morgen kommen Hans und Anne-Grethe auf den letzten Drücker zur Tür herein. Kaspar kann riechen, dass Anne-Grethe sich gerade die Haare gewaschen hat.

»Hast du die Schafzüchterin getroffen?«, sagt Anne-Grethe ganz außer Atem.

»Ja«, antwortet Kaspar und betrachtet die Briefe, die durch seine Hände fliegen.

Kaspar schwitzt, und gleichzeitig friert er. Er ist nachts mehrmals auf der Toilette gewesen und hat schlecht geschlafen.

»Es kann gefährlich sein auf dem Fjell«, sagt Anne-Grethe, »vor dreißig, vierzig Jahren gab es dort oben Wölfe. Auf jeden Fall sind damals mehrere Menschen in Stücke gerissen worden. Sie haben an einem Sommertag nur einen Ausflug gemacht.«

Man hört so viele Geschichten über Wölfe, hier im Land gibt es auch Vielfraße, Bären und Luchse. Aber der Mensch ist doch das gefährlichste Tier, denkt Kaspar. Anne-Grethe schüttelt ihre Haare, und Kaspar stellt sich neben Hans und sortiert.

»Gibt es ein Fitnesscenter in Fåreheim?«, fragt Kaspar.

»Ich habe zu Hause im Keller ein Laufband und einige Gewichte. Wenn du Lust hast, können wir zusammen trainieren.«

»Und ich kann danach für euch kochen«, ruft Anne-Grethe.

Es schneit heftig, als sie in Richtung Fjell fahren. Wie Rusk den Weg erkennen kann, wissen die Götter.

Die Steinhaufen auf dem Fjell sind nur noch weiße Häufchen, die kaum noch zu sehen sind. Rusk ist plötzlich ganz in sich versunken, und Kaspar läuft einfach nur hinter ihm her.

Wenn er sonst mit seinen Freunden eine Wanderung macht, sind sie gewöhnlich die ganze Zeit am Reden, aber jetzt kann Kaspar hören, wie jede einzelne Schneeflocke auf den gefrorenen Schnee fällt. Er kann das Eis hören, das zwischen den Steinen zerspringt. Auf einem Steinhaufen sitzt eine große Schneeeule und blinzelt mit ihren gelben Augen. Sie hat einen Lemming im Schnabel, der sich auf dem Schneeteppich verirrt haben muss. Auch ein Polarfuchs schleicht heran und läuft im Zick-Zack vor ihren Skiern her. Auf dem Berggipfel trinkt Rusk einen Schnaps und wird wieder er selbst. Von der Siedlung her hört man Schusssalven.

»Sind da Wölfe?«, flüstert Kaspar.

»Das ist Sofie, die übt. Es sind bestimmt keine Wölfe hier«, murmelt Rusk.

Sofie geht gemächlich in die Küche und holt einen Pflaumenkuchen aus dem Ofen. Die Postboten sitzen am Kaffeetisch, und beim Servieren berührt Sofie Kaspars kalte Hände.

»Die Uniform steht dir gut«, sagt sie lächelnd.

Kaspar und Rusk brechen bald wieder auf, weil das Schneetreiben heftiger wird. Kaspar sieht sich nach Lærke um, aber er kann nicht einmal das nächste Haus erkennen.

Sie kämpfen sich hinauf zum Fjell. Ab und zu verschwindet Rusks rote Uniform im Schneetreiben. Kaspar hat einen trockenen Mund vom Rufen, dass er doch warten soll. Es grollt von den Berggipfeln, große Schneebälle rollen herab und landen hinter seinen Skiern. Auf dem Weg zum Parkplatz verliert Kaspar einen Skistock und sieht ihn nie wieder.

Am nächsten Morgen können sie nicht auf den Fjell. Im Radio warnt man vor Lawinen, und es wird keine Wetterbesserung versprochen, obwohl Rusk das Radio auf volle Lautstärke gestellt hat.

Die Postboten müssen sich damit begnügen, die Post zu sortieren, und den restlichen Tag marschiert Rusk durch die Wohnung und flüstert Lærkes Namen. Er trägt seine Uniform, hat die Tasche über der Schulter und trinkt aus der Flasche. Von Zeit zu Zeit schnauft er heftig, so als ginge es einen Hügel hinauf. Als Kaspar um zwei Uhr Kaffee und Kuchen serviert, setzt er sich jedoch hin, bis er plötzlich wieder aufspringt und sagt, dass sie viel zu tun hätten.

Kaspar gibt dem Lamm Milch, aber alles, was es trinkt, läuft sofort hinten wieder raus. Trotzdem wedelt der Schwanz, und das Fell wächst.

Kaspar versucht, still und friedlich mit einer Illustrierten dazusitzen. Obwohl er Klatsch nicht leiden kann und er die Zeitschrift nur liest, weil sie auf dem Tisch liegt, hat er dennoch immer ein Ziehen im Magen, wenn er eines der bunten Hefte aufschlägt. Der König hat immer noch nicht geheiratet und wohnt alleine in den Sälen des Schlosses. Von Zeit zu Zeit taucht er an einem der Fenster auf und wirft Sachen hinaus. Der Bereich um das Schloss sieht schrecklich aus, jede Woche transportiert die Kommune die kaputten Möbel ab.

Genau um zwei Uhr klappert es unten im Briefkasten. Als Kaspar die Treppe hinuntergeht, um ihn zu leeren, schwanken seine Beine. Der Postbote, ein kleiner Mann mit einem dunklen Bart, verschwindet schnell in Richtung Straße.

Kaspar öffnet den Briefkasten und sieht die Post durch. Es ist nichts von Mutter dabei, nur ein Brief von einem Freund. Er atmet erleichtert auf und heftet den Brief mit einer Reißzwecke an seine Wand.

Gegen Nachmittag beginnt Rusks Wanderung durch die Wohnung Kaspar auf die Nerven zu gehen. Zum Glück hat er seine Briefmarkensammlung mitgebracht, und viele Briefmarken warten nur darauf, abgelöst zu werden. Kaspar füllt die Spülschüssel mit lauwarmem Wasser und legt die Umschläge hinein. Nach einiger Zeit löst sich der Leim, und die Marken schwimmen im Wasser. Mit einem sauberen Lappen trocknet er den Küchentisch ab und legt ein Handtuch bereit. Die Briefmarken werden trockengetupft, auf Löschpapier gelegt und mit einigen Telefonbüchern beschwert. Nach ein paar Stunden sind sie fertig, und Kaspar breitet sie auf einem sauberen Tablett aus. Er dreht und wendet sie mit der Pinzette, sieht durch die Lupe, zählt die Zacken und schlägt im Katalog nach. Da glaubt Rusk plötzlich, dass er auf Skiern durch die Küche fährt, bremst scharf und reißt Kaspars Album vom Tisch auf den Fußboden herunter.

»Pass doch auf«, schreit Kaspar, »ich sortiere Briefmarken.«

»Sehe ich richtig?«, murmelt Rusk, »du hast wirklich einen Fehldruck der 25-Öre-Marke von '65?«

Er setzt sich und starrt durch die Lupe auf die Marke. Dann geht er und holt seine eigene Sammlung.

Der Schneesturm hält wochenlang an, aber Rusk und Kaspar sortieren jeden Tag Briefmarken. Sie tauschen Dubletten, zählen Zacken und sind sich darüber einig, dass man mogelt, wenn man selbst losgeht und sich eine in der Sammlung fehlende Marke dazukauft. Kaspar hat viele seltene Briefmarken von seinem Großvater geerbt, die Rusk gerne ergattern möchte.

Das erinnert Kaspar an das Zusammensitzen mit seinem Großvater. Die pfeifende Kaffeekanne, die tiefe Konzentration und Rusks nach Fichtennadeln duftendes Aftershave. Rusk blickt von den Briefmarken auf und lächelt.

An ein paar Abenden in der Woche trainiert Kaspar mit Hans. Das Paar wohnt im Parterre eines Einfamilienhauses. Anne-Grethe umarmt Kaspar, bevor er mit Hans in den Fitnessraum hinuntergeht. Sie bewegen sich im Takt der Musik aus dem Ghettoblaster, und bald dampft der kleine Raum vor Schweiß. Sie reden nichts, keuchen nur und trocknen sich die Stirn mit Handtüchern ab.

Zu einer bestimmten Zeit ruft Anne-Grethe, dass das Essen fertig ist. Sie gibt sich immer viel Mühe, zündet Kerzen an, und es gibt sogar eine Vorspeise. Hans öffnet eine Flasche Wein.

»Kommst du klar mit Rusk?«, fragt Anne-Grethe eines Abends, mit etwas zu vollem Mund.

»Ja«, antwortet Kaspar.

»Wir haben ein paarmal probiert, ihn einzuladen«, sagt Hans.

Kaspar zuckt mit den Schultern, Anne-Grethe ahmt Rusks verdrossenen Gesichtsausdruck nach, sie lachen, und der Wein prickelt im Mund. Anne-Grethe holt Eiscreme aus dem Gefrierschrank und schlägt vor, noch auszugehen, wozu Kaspar aber keine Lust hat. Dann beugt sich Hans über den Tisch und fragt, was denn eigentlich mit ihm los ist. Sie haben viel über seine weiße Haut geredet. Kaspar erzählt ein wenig über Albinismus. Er ist auf eine Mutation zurückzuführen, die die Synthese des Pigments Melamin beeinflusst, das hauptsächlich in der Haut, in den Augen und in den Haaren vorkommt. Albinismus ist nicht zwangsläufig erblich, und man kann mehr oder weniger davon betroffen sein.

Hans nickt verständnisvoll, das Eis schmilzt auf den Tellern. Es ist merkwürdig still, während sie versuchen, es zu trinken. Und dann fragt Kaspar etwas.

»Seid ihr Geschwister oder ein Liebespaar?«

Die beiden sind ganz erleichtert über diese peinliche Frage und reden durcheinander. Sie sind wie Geschwister aufgewachsen. Als sie ganz klein waren, hat Hans' Vater Anne-Grethes Mutter geheiratet. Sie haben immer zusammengehalten, selbst als die Eltern in wirtschaftliche Schwierigkeiten gerieten und sie im Stich ließen. Hans und Anne-Grethe zogen zusammen, und mit der Zeit glaubten alle, dass sie ein Liebespaar wären, und dann kam es auch so.

»Am Anfang war es merkwürdig, aber es sollte so sein«, sagt Hans.

»Ihr reist viel«, sagt Kaspar.

»Wir kennen uns ja schon so lange, dass es ab und zu etwas Neues geben muss«, sagt sie. »Wir wohnen billig, verdienen Geld mit allen möglichen Nebenjobs und geben es fürs Reisen aus. Wir waren fast an allen Orten auf der Welt.«

»In zweiundvierzig Ländern«, sagt Hans, »wenn wir wollten, könnten wir gut Mitglieder im Klub der Abenteurer werden.«

»Ich höre auf jeden Fall nicht eher auf, bevor ich nicht alle Orte der Welt gesehen habe«, sagt Anne-Grethe, »wir haben Regenwälder besucht, sind durch Wüsten gewandert, in Bergseen geschwommen, auf Elefanten geritten und mit Hundeschlitten gefahren. Wir haben auch einen Kannibalen getroffen. Eine alte Frau, die alleine draußen im Regenwald wohnte. Sie war am meisten an Hans interessiert«, grinst Anne-Grethe, »ließ ihn aber gehen, da sie ihn für zu mager hielt. Außerdem hatte er gerade Malaria gehabt.«

»Wir sind in vielen Ländern gewesen, in denen es eigentlich zu gefährlich war, weil dort Krieg herrschte. Aber wir können ja nicht warten, bis alle Kriege dieser Welt beendet sind«, sagt Hans.

Anne-Grethe öffnet eine weitere Flasche. Kaspar trinkt so viel er kann und ist kurz davor, über dem Tisch einzuschlafen. Anne-Grethe mixt Drinks und holt eine Schachtel mit Fotos. Darin sind viele Bilder von Hans und Anne-Grethe in kakifarbener Kleidung.

Kaspar wacht halb auf, als sie ihm hinüber zum Sofa helfen und eine Decke über seinen Rücken legen.

»Ich habe bestimmt zu viel getrunken«, flüstert Kaspar und sinkt hinab in des Schlafes weiche Kissen.

Kaspar wacht auf, bevor es hell wird, und schleicht durch die Tür hinaus. Unterwegs trifft er einen Postboten, der auf seiner Tour durch Fåreheim ist. Sie heben die Hand zum Gruß, nur ganz leicht, eine Art Geheimzeichen nur für sie beide.

Es ist fast so, als würde er einen anderen Albino treffen. Albinos heben nicht die Hand, sie nicken sich stattdessen zu. Als Kind wusste Kaspar nicht, ob er grüßen sollte oder nicht. Es ist genauso, als wenn man jemanden trifft, den man aus Illustrierten kennt, »Hallo« sagt und einem erst danach einfällt, dass der Betreffende einen selbstverständlich nicht kennt.

Als Kaspar zwölf Jahre alt war, nahm er aus der Bibliothek ein Faltblatt des Albinovereins mit. Etwas zögernd suchte er einen Münzfernsprecher und rief den Vorsitzenden an, der ihm versicherte, dass Kinder willkommen seien, selbst wenn die Treffen meistens für Erwachsene veranstaltet würden. Der Vorsitzende müsse nur kurz mit Kaspars Eltern reden, dann könne Kaspar zur nächsten Wochenendtour mitkommen.

Einen ganzen Tag lang wusste Kaspar nicht, wie er es sagen sollte. Mutter hielt mitten im Geschirrspülen inne und fragte, was mit ihm los sei. Zögernd erzählte er von dem Verein, die Mutter sah ihm direkt in die Augen und sagte:

»Du weißt, dass ich dich gern habe.«

Kaspar ging in sein Zimmer und knallte die Tür zu. Die Mutter blieb lange in der Küche, kam zum Schluss aber doch und klopfte. Er konnte sich nicht erinnern, dass sie jemals an seine Tür geklopft hatte.

»Ich finde, du solltest mit auf die Hüttentour gehen«, sagte sie, »ich rufe den Vorsitzenden an.«

Als es losgehen sollte, bemühte sie sich eifrig, beim Rucksackpacken zu helfen, aber Kaspar wollte das nicht und sagte, dass er das selbst erledigen könnte. Sie bereitete ihm stattdessen ein großes Proviantpaket vor und schmierte ihn mit Sonnencreme ein.

Die Mitglieder des Albinovereins sollten sich an einem Bahnhof hoch oben in den Bergen treffen, von wo sie ein Bus abholen würde. Es war sonderbar, im Zug zu sitzen und einen Albino nach dem anderen zusteigen zu sehen. Sie grüßten und unterhielten sich. Kaspar saß alleine und starrte vor sich hin; wenn aber jemand seinen Blick streifte, sah er schnell aus dem Fenster.

Die Zugfahrt dauerte ewig. Kaspar sah hinaus zu den schwarzen Wolken, die die Berge einhüllten. Die Dunkelheit des Herbstes brach herein, schnell war nicht mehr zu erkennen, wann man durch die offene Landschaft oder durch einen Tunnel fuhr. Kaspars Magen knurrte, er dachte an das Proviantpaket in seiner Tasche, rührte sich aber nicht. Als der Zug anhielt, konnte er kaum laufen. Seine Beine waren eingeschlafen, und so musste er zum Bahnhof humpeln.

Dort bekam Kaspar einen Schock. Der kleine dunkle Bahnhof war voll mit leuchtenden Albinos, und es überkam ihn eine seltsame Angst, in der Menge zu verschwinden.

Gerade als er sich entschlossen hatte, wieder in den Zug zu springen, kam der Vorsitzende zu ihm. Er hieß Kaspar willkommen und sagte, dass die zwei anderen Kinder, die hätten mitkommen wollen, leider die Grippe bekommen hätten, »aber du kannst mit mir ganz vorne im Bus sitzen«. Das weiße Haar des Vorsitzenden war so geschnitten, dass es aussah wie eine Krone. Die anderen nannten ihn deshalb König. Er redete die ganze Zeit, aber Kaspar brachte kein Wort heraus. Von Zeit zu Zeit schaute er sich im Bus um. Auf den ersten Blick sah es so aus, als wäre eine Gruppe Rentner unterwegs. Sie hatten weiße Haare und bleiche, faltige Haut. Viele hatten ihre Sonnenbrillen abgesetzt und blinzelten mit roten Augen.

Dann folgten die Einquartierung und das gemeinsame Essen. Kaspar aß ununterbrochen, während die anderen lachten.

»Du bist anscheinend hungrig, was? Da wollen wir dich nicht stören.«

Nach dem Essen sprach der erste Referent, ein Optiker, über die Neuheiten bei Sonnenbrillen und anderen Spezialbrillen. Dann erzählte eine Krankenschwester etwas über einige neue Sonnencremes, die auf den Markt gekommen waren. Es wurden viele Fragen gestellt, und die Leute schöpften aus ihren Erfahrungen. Der König musste ein paar Mal aufstehen und für Ruhe sorgen, damit die Redner fortfahren konnten. Kaspar versuchte, sich wach zu halten, es sollte ja später noch Kuchen geben.

Viele blieben nach dem Kaffee noch sitzen und diskutierten, aber er nahm sein Stück Zimtkuchen, ging in den Schlafsaal und suchte sich ein Bett.

Als Kaspar mitten in der Nacht aufwachte, wusste er nicht, wo er war. Überall waren Schnarchgeräusche zu hören, und er zitterte beim Anblick von all den weißen Köpfen, die in den Betten lagen und leuchteten. Die Leute hatten unterschiedliche Atemrhythmen, und plötzlich erinnerte er sich an einen späten Sommerabend im Garten. Die Atemzüge waren der laue Wind, der die Bäume bewegte, und die Gesichter waren kleine Lichter, die in den Ästen hingen. Kaspars Augen glitten weiter, und die Gesichter verwandelten sich in brennende Sterne. Er, der die Sterne immer nur aus der Entfernung betrachtet hatte, war nun mitten unter ihnen. Kaspar streckte seine leuchtenden Hände aus und wusste, dass auch er ein Stern war.

Am nächsten Tag gab es mehr Veranstaltungen und mehr Essen. Eine Stylistin erzählte, wie wichtig es sei, dass man die Sachen trage, die einen kleiden. Albinos stehen kräftige Farben, da diese die knallweiße Haut hervorheben. Auch wenn sie verstehen konnte, dass man sich leicht genierte, wenn man sich vorzeigte, so waren Albinos schön, wenn sie es wagten, sie selber zu sein. Kaspar dachte, dass ihm eine Post-Uniform gut stehen würde.

Gegen Nachmittag begann es zu schneien. Die Flocken fielen wie weiße Eisstückchen, Himmel und Erde verschwanden. Er setzte sich ans Fenster und schaute hinaus. Irgendetwas, vielleicht ein Tier, schwebte draußen in all dem Weißen herum.

Es wurde Kuchen aufgetragen. Einige Damen mit großen Brüsten und langen weißen Zöpfen winkten und riefen, dass er sich zu ihnen setzen solle. Sie schenkten Kakao ein, der gut schmeckte.

Nach dem Abendessen sprach ein Arzt über die Probleme der Erde mit der abnehmenden Ozonschicht und was das für Albinos bedeuten könnte. Die gefährliche UV-Strahlung beeinträchtige vor allem Menschen mit empfindlicher Haut. Aber im Laufe von nicht allzu vielen Jahren würde die Strahlung ein Problem für alle Menschen darstellen. Eines Tages müssten alle mit Hut, Sonnenbrillen, Sunblockern und langen schwarzen Kleidern herumlaufen.

An dieser Stelle unterbrach ihn der König und fragte, ob man in dieser Hinsicht sagen könnte, dass Albinos ihrer Zeit voraus seien, weil sie wichtige Erfahrungen an andere weitergeben könnten? Ob nicht vielleicht eines Tages Albinos so weit seien, voranzugehen und die Menschheit anzuführen? Das, was sie über Generationen erlitten hätten, könnte für sie womöglich einmal von Vorteil sein.

Der Arzt sagte nicht viel, blieb aber nach dem Vortrag trotzdem noch eine Weile da. Die Leute öffneten Weinflaschen, und der Kaminofen wurde angezündet. Die meisten setzten ihre Sonnenbrillen auf, bevor sie in die Flammen schauten. Der König holte drei Flaschen Sprudelwasser für Kaspar und sagte, dass es schön sei, dass er mitgekommen sei. Er selbst wolle dafür sorgen, dass das nächste Mal mehr Kinder dabei seien.

»Irgendwie kommst du mir bekannt vor«, sagte eine der Damen zu Kaspar.

Mehrere nickten zustimmend:

»Du warst früher schon mal mit?«

»Nee«, sagte er.

»Ist vielleicht ein Elternteil von dir Albino und war

schon mal hier?«, fragte eine, »ich habe dein Gesicht irgendwo schon einmal gesehen.«

Kaspar sah sie verwundert an.

»Hat das noch keiner zu dir gesagt?«

»Nein.«

»Oh, das ist typisch«, sagte eine andere Dame, »die Leute draußen sind so fixiert auf die weiße Farbe, dass sie unsere Gesichtszüge gar nicht wahrnehmen. Das ist eines der fantastischen Dinge, die ich hier in der Gruppe erlebe. Die Menschen hier sehen wirklich mein Gesicht. Vielleicht ist das der Grund dafür, dass ich Sam hier getroffen habe.«

Sie winkte einem bleichen, glatzköpfigen Mann am anderen Ende des Tisches zu.

Die Leute erzählten Geschichten aus ihrem Leben. Als Teenager hatten sie sich die Haare gefärbt, Möhren gegessen oder sich mit Sellerie und Selbstbräuner eingerieben, um etwas Farbe zu bekommen. Über die am meisten misslungenen Versuche wurde laut gelacht. Heute gab es niemanden mehr, der sich etwas ausdachte, um sein Aussehen zu verändern. Viele waren in der Schule gehänselt worden, hatten aber später dennoch ein gutes Leben. Einige gingen einer ganz gewöhnlichen Arbeit nach, aber die meisten arbeiteten nachts oder hatten einen Job, bei dem sie sich nicht zeigen mussten.

Drei von ihnen waren sogar halbprominent geworden. Einer als Fotomodell, ein anderer als Schauspieler. Letzterer war zu Zeiten der Vampirfilme sehr begehrt in Hollywood gewesen. Ein Dritter war Musiker geworden, aber er konnte nicht beantworten, ob seine Platten gekauft wurden, weil er ein Albino war oder weil er gut singen konnte. Für alle drei war es ein Wunder, ihren Traumjob bekommen zu haben. Sie sagten, dass man die Chance ergreifen sollte, wenn sie sich einem bot, selbst wenn es sich am Anfang verkehrt und fast blasphemisch anfühle, weil man auf die eine oder andere Art seinem Schicksal trotze. Man dürfe nie nein zu einem Traum sagen.

Die Leute rückten näher um den Kaminofen zusammen. Die Flammen zuckten und leuchteten wie Sterne. Kaspar wurde es durch und durch warm. Einige hielten sich an der Hand, vielleicht waren es Liebespaare, vielleicht war es nur für diesen einen Abend. Stille breitete sich aus, Kaspar hatte vom Sprudelwasser Luft im Bauch.

Als nur noch das Atmen der Leute, Kaspars Rumpeln im Bauch und das Knistern der Holzscheite zu hören waren, erhob sich der König. In seinen Augen sprühte das Feuer, und mit mahnender Stimme erzählte er von der Entwicklung des Menschen.

»Liebe Freunde! In jeder Generation wird eine Auswahl getroffen, die die schwachen Individuen aussortiert. Bei der Entstehung jeder Ei- und Samenzelle findet eine Mutation statt. Diese unvorhersehbare Veränderung kann den Menschen entweder stärken oder schwächen. Sie ist gleich wahrscheinlich. Ein besonders starkes Individuum, ich denke hierbei an Nobelpreisträger oder Sportler, bringt die Menschheit weiter, während schwache Individuen wie Albinos oder andere brave Leute manchmal als Ausschussware angesehen werden.«

Man könne es aber auch anders betrachten, sagte der König, »es ist eine Fähigkeit des Menschen, so zu mutieren, dass sich die Menschheit weiterentwickelt. Versucht, die Natur zu betrachten. Obwohl kein Frühjahr ist, herrscht draußen eine fantastische Üppigkeit und Vielfalt. Jede Schneeflocke sieht anders aus, die Blumen und Büsche unter dem Schnee sind voller Verzierungen und Details. Jedes Tier hat sein spezielles Aussehen. Man sagt, nur der Stärkste würde überleben, doch die Natur ist nicht so knauserig. Ihre Stärke ist es, auf Vielfalt zu setzen. Albinos müssten gefeiert werden, genauso wie Nobelpreisträger gefeiert werden. Sie müssten eigentlich als heilige Beispiele für die Mutationsfähigkeit der menschlichen Rasse angeführt werden.«

Der König stampfte drei Mal auf den Boden.

»Merkt euch, dass wir uns geopfert haben. Andere haben bekommen, aber wir haben gegeben. Und mehr noch: Erinnert euch, dass wir den Schönheiten der Antike gleichen, die immer noch als weiße Marmorstatuen existieren und den Idealmenschen repräsentieren. Vergesst nicht, dass wir in anderen Kulturen schon bei unserer Geburt zu Schamanen oder Weisen ernannt worden wären. Die Zeit, die wir in Dunkelheit und Einsamkeit verbracht haben, ist nicht vergeudet, sondern sie hat uns Gedanken und Antworten gegeben, die kein gewöhnlicher Mensch erhalten hat. Wir sind überall auf der Welt zu finden, in allen Kulturen, zu allen Zeiten. Ich habe irgendwo gelesen, dass wir vielleicht den ältesten existierenden genetischen Zustand überhaupt repräsentieren.«

Der König machte eine lange Pause, das Feuer glühte nur noch.

»… aber vor allen Dingen sind wir ganz gewöhnliche Menschen. Genauso wie die Sonne aus eigener Kraft leuchtet, ruhen auch wir in uns selbst. Wir sind keine Kinder des Mondes, die um etwas anderes kreisen. Wir leben trotzdem, und deshalb sind wir stärker als die, die alles bekommen haben.«

Die Leute klatschten. Viele hatten Tränen in den Augen

und verschwanden in der Dunkelheit des Schlafsaals. Kaspar blieb sitzen, er zitterte trotz der vom Ofen ausgestrahlten Wärme. Während der Rede hatte er das Gefühl gehabt, dass jemand ihn anschaute. Kaspar sah sich vorsichtig um und begegnete dem Blick des Arztes. Dieser kam zu ihm und setzte sich neben ihn.

»Wie heißt du?«

»Kaspar.«

»Du bist ein sehr ungewöhnlicher Albino«, sagte er, »bist du schon einmal von einem Spezialisten untersucht worden?«

Kaspar schaute ihn an.

»Ich bin Spezialist, und ich würde gerne etwas untersuchen.«

Er öffnete seine Tasche.

»Das sicherste Zeichen für Albinismus ist eine ganz oder teilweise durchsichtige Netzhaut.«

Er nahm eine kleine Taschenlampe und wollte gerade nach Kaspars Gesicht greifen, als Kaspar schrie und spuckte:

»Ich bin ein Albino, ich bin ein Albino!«

Der Arzt schüttelte den Kopf, blickte sich um und flüsterte:

»Kaspar, wenn du kein Albino bist, kannst du natürlich nicht mehr im Verein sein. Du kannst nie mehr mit den anderen reden. Einige werden vielleicht zornig auf dich sein, weil du dabeigesessen und gehört hast, was hier an diesem Abend geredet worden ist. Aber drinnen, ganz tief drinnen, dass sie es vielleicht selbst nicht erkennen können, werden sie neidisch sein. Sie wünschen sich nichts sehnlicher, als ganz normale Menschen zu sein.«

Kaspar lief in den Schlafsaal und krabbelte in die Dunkelheit des Schlafsacks. Er erwartete jeden Augenblick, dass sie ihm mit grellen Lichtern folgen würden. Aber es geschah nichts.

Kaspar hielt sich wach, bis es hell wurde. Alle schnarchten hinter ihren weißen Augenlidern, als er vorsichtig seinen Rucksack packte und einen Zettel hinterlegte, dass er sich nach Hause aufgemacht hätte. Er schmierte sich mit Sonnencreme ein, holte die Sonnenbrille heraus, setzte den Rucksack auf und lief den Weg zurück, den der Bus gefahren war.

Es war viel Schnee gefallen, und Kaspar musste als Erster eine Spur durch die weiße Fläche stapfen. Es war kalt und weit zu laufen, aber das machte nichts. Die Sonne blieb hinter den Wolken, und alles war gut. Als ob ich der einzige Mensch auf der ganzen Welt wäre, dachte er und flüsterte, dass es sich genauso anfühlen müsste, wenn man auf der Milchstraße ginge.

Kaspar folgte den blauen Bergen am Horizont, die in der Ferne märchenhaft flimmerten. Er, der immer drinnen und von Menschen umringt gewesen war, konnte jetzt laut rufen und es genießen, dass keiner ihn hörte. Kaspar sang, breitete die Arme aus, atmete tief ein, und ihm war schwindelig vor Glück.

Am Bahnhof kuschelte er sich in den Schlafsack und wartete auf den Zug. Plötzlich kam ein Vogel und setzte sich neben sein Bein. Aus dem Weißen tauchte ein Schneehase auf und verweilte bei seiner Hand. Sie blickten ruhig und erlaubten ihm, sie zu berühren. Was habe ich für Fähigkeiten?, dachte Kaspar, als die Gleise erzitterten und der Zug heranrollte. Kaspar stieg ein, fiel in einen angenehmen Dämmerschlaf und wachte erst auf, als der Zug am

Hauptbahnhof hielt. Es war spätabends, als er lautlos die Wohnung betrat. Die Mutter lag im Bett und blätterte in einigen Illustrierten. Erschreckt richtete sie sich auf.

»Ich dachte, du kommst erst morgen.«

Er setzte sich aufs Bett, Mutter hielt seine Hand, und er begann zu schluchzen. Sie hob die Bettdecke, und er schlüpfte zu ihr. Kaspar wusste nicht, wie er alles erklären sollte. Mutter strich ihm langsam übers Haar und sagte:

»Wenn du glaubst, dass dein Vater ein Albino wäre … wenn du mitgewollt hast, weil du dachtest, er könnte dort sein, so lass dir sagen, dass dem nicht so ist …«

»Das ist es ja nicht«, flüsterte Kaspar, »der Grund ist, da war ein Arzt, der sagte …«

Er drückte sein Gesicht in die Matratze und hielt sich die Ohren zu:

»… dass ich vielleicht gar kein Albino bin.«

Kaspar weinte und war nicht zu beruhigen.

»Wir waren bei einem Arzt, als du klein warst«, sagte die Mutter, »du kannst mir glauben, du bist ein Albino.«

Von diesem Tag an hatte Kaspar einen bestimmteren Ausdruck in den Augen. Er nickte den Albinos zu, die er unterwegs traf. Diese sahen seine weiße Haut und nickten unmerklich zurück.

Eines Tages überreden Hans und Anne-Grethe Kaspar trotzdem, mit ihnen auszugehen. Rusk und er haben mehrere Wochen lang Briefmarken einsortiert, aber jetzt hat Rusk damit begonnen, sie wieder aus dem Album zu zerren, um etwas zum Einkleben zu haben. Er pfeift falsch und hat ein Strumpfband um den Hals, das bestimmt Lærke gehört.

Die Kneipe befindet sich im Keller eines Gehöfts. Selbstverständlich glotzen die Leute, als Kaspar eintritt, aber Anne-Grethe kommt gleich auf ihn zu und umarmt ihn. Jetzt sehen die Leute in eine andere Richtung und tun so, als ob nichts geschehen wäre. Hans stellt ihn einer ganzen Menge Leute vor.

»So, du bist also Rusks Nachfolger«, sagen sie und klopfen Kaspar auf die Schulter. Erst vorsichtig, als wäre er aus Porzellan. Dann heftiger, als würden sie sich schon ewig kennen.

Kaspar bestellt sich ein großes Glas Bier vom Fass und setzt sich neben Anne-Grethe. Ihm gegenüber sitzt eine Dame mir roten Wangen und einem schönen Mund. Sie beißt auf einem Streichholz herum, beugt sich über den Tisch und fragt mit gedämpfter Stimme, wie es in der Siedlung sei.

»Da gibt es viele Schafe«, sagt Kaspar, trinkt aus und bestellt sich noch ein Bier.

Die Dame gibt ein Blöken von sich, Kaspar ebenso. Sie lachen, und plötzlich tun alle am Tisch so, als wären sie Schafe. Danach reden sie über alles Mögliche. Über den Schneesturm, der andauert, und über das, was in den Illustrierten steht. Die Musik ist beschwingt. Anne-Grethe geht zur Toilette und duftet stark nach Parfüm, als sie zurückkommt. Sie setzt sich dicht neben Kaspar, rollt mit den Augen und hängt sich an seinen Arm.

»Kaspar«, sagt sie, »du musst versprechen, mir alles zu erzählen, was da in der Siedlung vor sich geht. Es scheint, als sei es einfacher, zum Südpol zu kommen, als dorthin.«

Anne-Grethe flüstert mit feuchten Lippen.

»Gib mir einen Wink, wenn du ein Loch im Zaun siehst.«

Sie küsst Kaspar auf die Wange und umarmt ihn. Als Anne-Grethe auf die Tanzfläche geht, gesellt sich Hans zu ihm. Hans wirkt nüchtern, und plötzlich tropfen Tränen aus Kaspars Augen.

»Was ist los?«

»Ich weiß es nicht.«

Die Tränen laufen jetzt in Strömen, Kaspar sieht verwundert, wie sie auf den Tisch tropfen.

»Was ist los?«

»Das passiert manchmal, wenn ich trinke. Es könnte etwas mit meiner Mutter passiert sein.«

»Deiner Mutter?«

Und so erzählt er alles. Von den Behandlungen, die die Mutter durchgemacht hat. Dass die Ärzte nicht versprechen können, dass sie wieder gesund wird. Und er sitzt hier und hat seinen Traumjob bekommen, wo er doch bei der Mutter sein müsste.

Kaspar legt sein Gesicht auf den fettigen Tisch, Hans streicht ihm über den Kopf.

»Ich kenne das gut. Unsere Eltern haben plötzlich nach vielen Jahren wieder Kontakt zu uns aufgenommen, und nun wollen sie gerne, dass wir uns treffen. Aber wir haben beschlossen, sie zu ignorieren. Wir haben keine Lust, ein schlechtes Gewissen zu haben, selbst wenn sie ins Telefon heulen und uns um Verzeihung bitten. Du hast die Möglichkeit bekommen, hier in Fåreheim glücklich zu werden, Kaspar, so werde es auch. Deine Mutter ist sowieso nichts wert, wenn sie nicht wünscht, dass du glücklich bist.«

»Ja«, murmelt Kaspar.

»Wollen wir armdrücken?«

Es muss am Bier liegen, er hätte sich sonst bestimmt nicht getraut, mit Hans Arm zu drücken. Jetzt spannt er die Muskeln an und knallt Hans' Arm auf die Tischplatte. Dann steht er auf, reicht ihm die Hand und verabschiedet sich.

Auf dem Weg nach draußen fällt sein Blick auf einen kleinen schwarzbärtigen Kerl, der ihnen die ganze Zeit gegenübergesessen haben muss. Es ist der Postbote, der Kaspar und Rusk die Briefe bringt. Als Kaspar dem Blick des Boten begegnet, weiß er, dass der Mann alles mit angehört hat. Der Bote blickt schnell auf den Tisch und nippt an seinem Bier.

Draußen hat der Schneesturm aufgehört. Das Heulen und das Sausen der letzten Wochen sind verstummt. Kaspar schwingt sich um ein paar Laternenpfähle, blickt hinauf zu den Sternen, atmet tief ein und saugt die schwere dunkelblaue Himmelsluft ein. Und so schwört er, bei den glitzernden Punkten da oben, dass er nicht länger an seine Mutter denken wird. Als er ruft, fällt eine Sternschnuppe vom Himmel. Das Versprechen ist besiegelt.

Es tropft von Tannen und Dächern, es riecht nach Erde. Kaspar patscht durch die Wasserpfützen, bekommt nasse Füße und bestellt die Blumen für die Mutter ab, als er nach Hause kommt. Kaspar reißt die Briefe der Freunde von der Wand, wirft sie in den Mülleimer, nimmt seine Vitamin-D-Tabletten, zieht die Unterhose aus und schläft ein.

Er hat erst ein paar Stunden geschlafen, als Rusk ihn weckt und ihm sagt, dass sie hinauf zum Fjell müssen.

Hans und Anne-Grethe sind blass und sortieren schweigsam. Kaspar denkt, ein weiterer Vorteil am Albinosein ist, dass keiner erkennen kann, wenn man einen Kater hat – man ist immer gleich bleich. Rusk lächelt und klopft Kaspar auf die Schulter.

Das Postauto fährt im Zick-Zack-Kurs den Berg hinauf, während Kaspar aus dem Fenster kotzt und etwas von Vergiftung durch Schalentiere und Salmonellen quasselt. Als Rusk am Tor den Code eingibt, beobachtet Kaspar ihn über die Schulter.

Die Taschen sind schwer von der Post eines ganzen Monats, und der Fjell kennt noch kein Frühlingserwachen. Der Wind heult, die Nasen werden steif, und blauschwarze Wolken wölben sich am Himmel. Kaspar ruft Rusk zu, dass er geisteskrank sei und dass sie umkehren müssen. Aber Rusk nimmt einen Schluck aus dem Flachmann, flüstert Lærkes Namen und geht weiter. Kaspar niest, und die Wolken lassen Schneeflocken in sein Gesicht rieseln. Kaspar versucht, nicht mehr so viel zu denken, er setzt nur den einen Ski vor den anderen, folgt Rusks Spur und sieht sich nicht nach Tieren um.

Auf dem Berggipfel blicken die beiden Postboten zurück, aber die Aussicht blendet wie bei einem weißen Laken. Rusk öffnet seine Uniform und reicht Kaspar einen getrockneten Fisch. Der hat an Rusks Brust gelegen und ist zart und lauwarm.

Sofie empfängt sie freudestrahlend, sie hilft den Postboten beim Ausziehen der Stiefel, der Schirmmützen und der Handschuhe. Drinnen in der warmen Stube beginnt Kaspars Haut, Blasen zu werfen und zu brennen. Er macht es sich auf dem Sofa bequem, Sofie kommt mit warmen Decken, frisch gebackenen Milchbrötchen und Kaffee.

»Bleibt heute Nacht hier«, sagt sie, »es ist zu gefährlich zum Heimgehen.«

Rusk starrt aus dem Fenster, Lærke geht draußen auf und ab, als wolle sie auf sich aufmerksam machen. Sie hat einen langen Pelz an, aber nur kleine rosafarbene Schuhe an den Füßen. Plötzlich wendet sie sich um und geht in Richtung Fjell. Rusk wirft sich die Tasche über die Schulter und bindet die Stiefel. Sofie läuft umher und holt extra wollene Halstücher und Handschuhe, aber nur Kaspar lässt sich von ihr in ein paar Beinwärmer locken. Rusk nimmt die Skier auf den Rücken, schnappt nach Luft und sieht hinauf zu dem braunen Fleck, der dabei ist zu verschwinden.

Als die Postboten auf dem Berggipfel ankommen, ist Lærke nicht mehr da. Die Uniformen sind weiß und die Steinhaufen nicht mehr zu sehen, aber Rusk rennt weiter, ohne sich nach Kaspar umzusehen. Nach einiger Zeit brettert Kaspar über einen Buckel und verliert einen seiner Skier, der in einer Kluft verschwindet. Kaspar steht da, die Stiefel im Schnee versunken, unfähig weiterzukommen. Er zieht den zweiten Ski auch aus und versucht, stattdessen zu laufen. Der Schnee reicht bis zu den Knien, Rusk ist weg, und das Weiße schluckt Kaspars Rufen.

Es wird dunkel, und Kaspar muss laufen, um sich warm zu halten. Überall gibt es Abhänge, und Kaspar kennt die Gefahr, Hunderte von Metern tief zu fallen. Er achtet darauf, dass der Wind immer von rechts kommt, so behält er wenigstens eine Richtung bei.

»Rusk«, ruft er.

Kaspar schlittert und hängt plötzlich mit einem Bein über einem grauen Abgrund. Er greift um sich, aber da ist nur glattes Eis. Er rutscht hinunter, Zentimeter für Zentimeter, aber in dem Augenblick, als er die Augen schließt und bereit ist zu sterben, erhebt sich eine Gestalt über ihm. Starke Arme ergreifen Kaspar, und er blickt in Rusks Augen.

»Rusk«, flüstert er.

Der Postmeister sagt nichts.

»Wo sind wir?«

»Keine Ahnung.«

»Du hast mich rufen gehört«, sagt Kaspar und klammert sich an ihn.

»Hab' ich?«, murmelt er.

Seine Stimme ist belegt, der Wind heult um die Berge, und Kaspars Beine sind müde.

»Wir sind von der Route abgekommen«, sagt Rusk, »ich hätte abdrehen müssen.«

Er öffnet die Posttasche und holt einen Kompass heraus.

»Scheiße«, sagt er, »die Nadel ist eingefroren.«

»Hilfe«, ruft er, »Hilfe«, rufen sie im Chor.

Die Postboten setzen sich auf einen Felsen, um sich auszuruhen, ein Schneehase hüpft wie ein grauer Schatten über Kaspars Fuß.

Kaspar setzt sich auf und blinzelt mit den Augen. In einiger Entfernung bewegt sich etwas Helles hin und her. Er tippt Rusk an, der im Schlaf nickt.

»Da kommt jemand.«

Jetzt brennt noch ein Licht und noch eins, sie kommen näher und näher.

»Es sind die Postmänner«, murmelt Rusk, »grüße sie.«

Die Lichter bewegen sich auf und nieder.

»Hast du Briefmarken?«, fragt Rusk, »Sofie hat meine letzten gekauft.«

Kaspar hat Probleme, den Verschluss der Tasche zu öffnen, er ist kalt und klebt an den Fingern.

»Da müssen noch einige Zehn-Kronen-Marken sein, du brauchst nicht knauserig zu sein.«

Er holt einen ganzen Bogen hervor.

»Wirf ihn ihnen hin.«

Jetzt stehen die Lichter in einem Kreis um Kaspar und Rusk. Es sind keine Gesichter, keine Körper, allerhöchstens ein Schimmer von roten Uniformen.

»Apostel-Per, Fløjte-Svendsen, Poet-Post, Frimærke-Fritz!«, ruft Rusk.

Die Lichter hüpfen aufgeregt, Rusk reißt Kaspar den Bogen aus den Händen und wirft ihn den Postmännern zu. Die Lichter drängen sich um die Briefmarken.

»Helft uns«, ruft Rusk.

Einen Augenblick zögern die Lichter, dann öffnet sich der Kreis, bildet eine lange Reihe und bewegt sich vorwärts. Eine Stunde lang folgen Rusk und Kaspar, bis die Lichter erlöschen. Dann krabbeln sie einen Hang hinunter und stehen an der Pforte im Zaun.

»Wie ist das gegangen?«, flüstert Kaspar.

»Das waren die ehemaligen Postmänner. Von den alten

Burschen ist nichts mehr übrig als einige zerfledderte Uniformen. Aber ich habe davon gehört, dass sie kommen, wenn man sie ruft.«

Kaspar umarmt Rusk, der streicht ihm über den Kopf und sagt, dass doch alles einmal zu Ende geht. Dann stößt er Kaspar von sich, setzt sich ins Auto und startet den Motor. Danach steigt er aus und schaufelt Schnee, während Kaspar die Scheiben freikratzt.

Rusk stößt einen Schrei aus, als er mit der Schaufel auf etwas stößt. Ein bräunliches Kleiderbündel liegt hinter dem Auto. Rusk fegt den Schnee weg und findet Lærke. Ihre Schuhe sind weg, und sie hat die nackten Zehen in die Handtasche gesteckt. Rusk hebt Lærke auf, sie ist ganz steif. Kaspar öffnet die Tür, und Rusk bugsiert sie hinein.

»Leg dich hinein und wärm sie«, ruft er und setzt sich hinter das Steuer.

Kaspar hält Lærke krampfhaft umschlungen.

»Halt fester«, schreit Rusk, »pack sie in deine Uniform hinein.«

Kaspar kann Lærkes Körper durch alle Sachen spüren, Rusk fährt den Berg hinunter, das Auto wird in den Kurven herumgeworfen, und die Scheibenwischer laufen auf höchster Stufe. Ihr Körper ist klein und zart, die Brüste sind runder, als er dachte. Langsam taut sie auf, und die Lippen öffnen sich.

Lærke schreit, als Kaspar sie hinauf in die Wohnung trägt, aber Rusk sagt, dies sei ein gutes Zeichen. Langsam wird sie warm.

»Leg Lærke aufs Bett und halt ihre Hand«, kommandiert er und geht hinaus, um Milch warm zu machen.

»So zieh ihr doch die Sachen aus«, ruft er aus der Küche, »sie ist ja pitschnass.«

Kaspar blickt in Lærkes Gesicht, die Augen sind fest geschlossen. Er öffnet das Kleid, streift die Träger über die Schultern bis fast zum BH hinunter. Lærkes Haut ist blau, sie klappert mit den Zähnen. Rusk kommt zurück und knurrt.

»Du bist viel zu langsam, lass mich mal, du kannst hinausgehen und in der Milch rühren.«

Rusk hat die ganze Packung Milch geleert, es ist wirklich gut, dass das Lamm nicht so viel trinkt.

»Warmes Wasser für die Wärmflasche«, sagt Rusk.

Als Kaspar mit Wärmflasche und Milch kommt, ist Lærke ganz in Rusks Bettdecke eingerollt. Rusk wäscht ihr Kleid in einem Eimer aus. Das Wasser ist rot. Das Zimmer schwankt, Kaspar sackt mehrmals zusammen, und kurz bevor er umfällt, bittet Rusk ihn, den Eimer in der Toilette auszuleeren. Danach sagt er, dass Kaspar aus dem Zimmer gehen und die Tür hinter sich schließen soll.

So geht Kaspar in sein Zimmer. Er setzt sich auf das Bett, das Lamm schnuppert an seinem Bein und guckt seltsam. Kaspar redet ein wenig mit dem Tier, und es sieht so aus, als höre es zu. Rusk und Lærke murmeln nebenan.

Erst jetzt bemerkt Kaspar, wie kalt ihm ist und wie müde er ist. Sein Körper zittert, er kann die Zehen nicht fühlen, hat Kopfweh und Schmerzen in den Beinen. Er krabbelt unter die Bettdecke, vergisst seine Vitamin-D-Tabletten zu nehmen, behält die Unterhose an und schläft ein.

Im Traum streift Kaspar Lærke das Kleid über die Brust und den Bauch hinunter. Als sie nur noch das Höschen anhat, so ein kleines Spitzending in den Farben der Post, stöhnt sie und krabbelt zu ihm ins Bett.

Am nächsten Morgen hämmert Kaspar an Rusks Tür. Der steckt den Kopf heraus.

»Du musst heute alleine mit der Post fertig werden, ich muss mich um Lærke kümmern.«

»Aber ich kann nicht ohne dich über den Fjell gehen.«

Rusk zuckt mit den Schultern und sagt, dass das Wetter heute sicher besser ist. Kaspar könne sich gerne seine Skier ausleihen.

Kaspar geht hinunter ins Büro, Hans und Anne-Grethe stehen draußen und frieren, er lässt sie herein.

»Wo bleibt ihr denn?«, fragen sie.

»Rusk hat Damenbesuch.«

Sie gucken etwas dämlich.

»Oh«, sagt Anne-Grethe, »es ist bestimmt die Flötistin, sie ist keinen Tag älter als achtundzwanzig, und Rusk ist ...«

»Fünfundsechzig«, sagt Kaspar zornig, »er könnte mein Vater sein.«

»Es ist vorher noch nie vorgekommen, dass Rusk nicht zur Arbeit erschienen ist«, sagt Hans.

Was in aller Welt finden Mädchen an alten Männern, schnaubt Kaspar. Er schaltet das Radio ein. Die Meteorologen warnen vor einem neuen Schneesturm.

»So hast du Zeit, mit in die Stadt zu gehen«, sagt Anne-Grethe.

»Damit solltet ihr nicht rechnen«, sagt Kaspar, sortiert fertig und geht nach oben.

Als er an Rusks Zimmer vorbeikommt, hält er sich die Ohren zu, es wird ihm schwindlig, und er setzt sich auf einen Küchenstuhl. Seine Muskeln zittern, die Knie tun ihm weh, und er kann kaum aufstehen, als er auf die Toilette muss. In der Kloschüssel liegt blutiges Papier, und auf dem Sitz ist ein Blutfleck. Kaspar wischt ihn mit der Ecke von einem Stück Papier ab.

Später setzt er sich zum Briefmarkensortieren in die Küche und lässt das Lamm frei herumlaufen. Es ist ja Lærkes Tier, und sie will es bestimmt gerne sehen. Rusk sagt nichts, als er herauskommt, um Essen aus dem Kühlschrank zu holen. Er schaut nicht einmal in Kaspars Briefmarkenalbum, obwohl er die Seite mit den Sonderstempeln aufgeschlagen hat. Kaspar öffnet die Tür zu Rusks Zimmer und schubst das Lamm hinein.

»Hier ist ein Freund, der dich gerne begrüßen möchte«, sagt er.

Lærke liegt im Bett, Rusk sitzt in einem Sessel und liest ihr aus einer Zeitung vor. Lærke ist blass, sieht dankbar auf und tätschelt den Kopf des Lamms. Rusk lächelt und sagt, dass es so ein schönes Tier sei.

»Frisst es?«, flüstert sie.

»Ja«, sagt Kaspar, »du kannst ja sehen, dass das Fell gewachsen ist.«

Sie murmelte: »Danke«, schließt die Augen, sinkt zurück in die Kissen und gibt Rusk ein Zeichen, weiter zu lesen.

Kaspar schließt sein Briefmarkenalbum und geht in sein Zimmer. Schneeflocken sinken herab wie zerschlissene Engelsflügel. Obwohl es Vormittag ist, zieht er die Unterhose aus und legt sich unter die Bettdecke. So ist es halt, es gibt einfach nicht so viel zu tun. Briefmarkensortieren wird ihn immer an das Wort Vater erinnern.

In der Schule wurden sie alle gebeten, ein Bild von den Eltern und Großeltern mitzubringen und ein wenig von ihnen zu erzählen. Mutter hat nie über diesen Teil der Familie geredet. Wenn Kaspar nach seinem Vater fragte, kochte Mutter sein Lieblingsessen und schlug vor, ins Kino zu gehen.

Als Kaspar von der Schule nach Hause kam und erzählte, dass er ein Bild von seinem Vater brauche, ließ Mutter alle Papiere fallen, die sie gerade in ihre Mappe legte. Wozu er das brauche? Sie war auf dem Weg zu einem Kunden und knallte die Tür zu, noch ehe er antworten konnte.

Erst nach der Hüttentour mit dem Albinoverein begann Kaspar, wieder an seinen Vater zu denken. Jedes Mal, wenn er sich im Spiegel sah, konnte er es nicht lassen, an seiner Haut herumzufummeln und das Gesicht so zu drehen, dass er es aus allen Blickwinkeln betrachten konnte. Er kämmte das Haar zu verschiedenen Frisuren, Mittelscheitel, zurückgekämmt oder mit Pomade eingeschmiert, konnte aber nicht anders, als die Zunge herauszustrecken.

Es war Frühsommer, durch die Fenster des Wohnzimmers sah Kaspar, dass die Blätter sich entfalteten. Er schaute nach den Blumen, hörte Vogelgezwitscher und spürte die trockene Wärme. Die Sonne schien von einem wolkenfreien Himmel. Warum kann ich, der ich so weiß bin und auf viele Arten der Sonne gleiche, nicht draußen in ihr sein?, dachte er.

Kaspar holte Mutters Gartenliege aus dem Schuppen, zog sich aus und nahm weder Sonnenbrille noch Sonnencreme. Er legte sich auf den Rücken und guckte hinauf in die Sonne. Aus der blendenden Scheibe flogen weiße Wesen. Vor seinen Augen flatterten Flügel, und je mehr er hinstarrte, desto näher flogen die Engelswesen.

»Kommt«, flüsterte Kaspar.

Die fliegenden Wesen brannten, es kitzelte am Bauch, so dass er vor Wohlbehagen schauderte. Kaspar dachte, wenn er liegen bliebe, wären die Engel vielleicht immer bei ihm. Die Wärme machte ihn dösig, die Augenlider fielen ihm zu, er schlief ein und träumte seltsame klirrende Träume von gelben, roten und weißen Mosaiken.

Einige Stunden später kam Mutter nach Hause und fand ihn. Sie schimpfte, schüttelte ihn und weinte. Sie schaffte Kaspar ins Auto und fuhr zur Unfallstation, wo ihn eine Krankenschwester mehrere Stunden lang mit kaltem Wasser übergoss.

Als sie die Erlaubnis bekamen, nach Hause zu fahren, waren die Schmerzen noch nicht verschwunden. Mutter legte ihn ins Bett und wickelte ihn in Baumwolle. Sie sagte nichts, aber Kaspar wusste, was sie dachte. Ein vollständiger Sonnenbrand konnte ihn viele Jahre seines Lebens kosten. In dieser Nacht legte Mutter sich neben ihn und schlief. Als Kaspar erwachte, sah er direkt in ihr verängstigtes Gesicht. Sie hielt sich den Mund zu, um nicht zu schreien.

»Man kann es sehen«, zischte sie durch die Finger.

Sie streckte vorsichtig die Hände aus, um sein Gesicht zu berühren, zog sie aber zurück, als hätte sie etwas Scharfes angefasst. Kaspar befühlte sein Gesicht.

»Sei vorsichtig«, flüsterte sie.

Er fühlte warme Blasen und lose Hautfetzen.

»Ich habe dich lieb«, sagte sie, »du bist mein Junge.«

»Ich will mich im Spiegel sehen.«

Sie versuchte, ihn festzuhalten, aber er riss sich los und rannte hinaus ins Badezimmer. Kaspar schrie, als er sein Gesicht im Spiegel sah. Unter der roten, teigartigen Haut kam ein fremdes Gesicht zum Vorschein. Er starrte es an, es wirkte viel älter als er selbst. Einige Konturen folgten seinem Gesicht, andere waren ganz fremd. Und trotzdem gab es über das Fremde hinaus etwas Bekanntes.

Mutter umfasste ihn von hinten und hievte ihn ins Bett.

»Wer ist das«, flüsterte Kaspar, »wer ist darunter?«

Die Mutter antwortete nicht, und die Schmerzen kamen wieder. Lange Zeit konnte er an nichts anderes denken. Die Mutter zog die Gardinen zu, so dass kein Sonnenlicht hereindrang, und brachte Wasser und Brot. Ein paar Mal hörte Kaspar, dass seine Freunde anriefen und dass Mutter sagte, er sei krank und es sei ansteckend. Die Tage vergingen langsam.

Als Kaspar aufstehen durfte, betrachtete er sich im Spiegel. Das fremde Gesicht war verschwunden, und seine eigene weiße Haut bildete sich wieder obendrauf.

Drei Monate später hatte er vergessen, wie weh es getan hatte. Das Einzige, an das er sich erinnerte, waren Engel mit großen rauschenden Flügeln. Wieder fragte Kaspar, wer sein Vater sei. Er öffnete alle Fenster und Türen und schrie, so dass es im Garten schallte. Mutter zog ihn in den hintersten Raum der Wohnung und fauchte, dass er das Maul halten solle. Er trat ihr ans Schienbein und ging hinaus in den Garten.

Es war immer noch ein Rest Sommer zu spüren. Kaspar wusste, dass der Winter lang werden würde, kalt und dunkel. Er stellte die Gartenliege in der Sonne auf, zog sich aus und legte sich darauf. Es fühlte sich gut an und wärmte ihn durch und durch. Die Engel kamen zurück, schwebten um ihn herum, umfassten ihn und lächelten. Er schlief ein und träumte herrlich.

Mutter fand Kaspar. Sie fuhr ihn zur Unfallstation, während er langsam erwachte und schrie, weil die Schmerzen nicht auszuhalten waren. Als sie nach Hause kamen, schälte sich die Haut ab, und eine Mischung aus seinem Gesicht und dem eines anderen wurde sichtbar. Er rief wieder und wieder:

»Wer ist mein Vater?«

Die Mutter krümmte sich auf dem Boden zusammen, weinte, entschuldigte sich und flüsterte, dass sie es wirklich erzählen würde, es aber nicht könne. Kaspar hörte nicht auf zu schreien, Mutter kroch zum Telefon und rief die Großmutter und den Großvater an, die sofort kamen. Die Mutter fiel ihnen um den Hals, und die Großmutter küsste Kaspar, obwohl er ein so seltsames Gesicht hatte. Der Großvater brachte ein Geschenk mit.

»Hast du Lust, Briefmarken zu sammeln?«, fragte er.

Mutter und Großmutter gingen hinaus in die Küche.

»Wir können sofort damit anfangen«, sagte er.

Der Großvater öffnete seine Mappe und holte einen großen Umschlag mit Briefmarken, ein Album, eine Pinzette und eine Lupe hervor.

Die Großeltern blieben ein paar Tage. Kaspar lernte, Briefmarken abzulösen, Klebefalze auf der Rückseite anzubringen und sie in numerischer Reihenfolge ins Album zu kleben. Der Großvater erzählte von den Motiven der Briefmarken und lehrte ihn die Reihenfolge der Könige. Die Mutter und die Großmutter brachten ihm Wasser und Brot.

Alle Gardinen waren zugezogen, keiner beachtete Kaspars fremdes Gesicht, das nur langsam heilte. Er selbst sah es nicht, denn Mutter hatte alle Spiegel abgenommen. Kaspar versuchte, das Gesicht in den Gläsern mit Wasser zu erkennen, die Mutter und Großmutter ihm vorsetzten, aber das Bild war nicht scharf genug.

Wenn Kaspar über Schmerzen klagte, zeigte ihm Großvater seltene Briefmarken. Kaspar vergaß alles, Großvater streichelte seine Wange und sagte, dass er Großvaters Junge sei.

An dem Tag, als Mutter die Gardinen aufzog, war es Herbst geworden. Sie hängte die Spiegel wieder auf, und Kaspar sah, dass das fremde Gesicht wieder hinter der Haut verschwunden war.

Von da an kamen Großmutter und Großvater öfter zu Besuch. Die Welt wurde wieder herrlich, und ein Engel war etwas, an das kleine Kinder glaubten. Kaspar wurde dreizehn und dachte, dass sein Vater gewiss ein Postbote gewesen war, der jetzt tot war. Der Großvater war auch nett, man konnte über vieles mit ihm reden.

Die Großmutter und der Großvater starben, nicht unerwartet, vor ein paar Jahren. Kaspar hat immer ein Bild von ihnen in seinem Portemonnaie.

Er geht zum Kühlschrank, um etwas fürs Abendessen herauszuholen. Lærke kommt in Rusks Bademantel aus dem

Badezimmer, auf dem Weg zurück ins Bett lächelt sie ihn an.

»Kaspar, du übernimmst doch den Abwasch und siehst zu, dass die Küche sauber aussieht, nicht wahr?«, ruft Rusk aus seinem Zimmer.

»Also, ich bin gerade dabei, Briefmarken im Spülbecken einzuweichen!«

Rusk zieht seine Jacke an und murmelt, dass er nun weg müsse, um etwas für Lærke zu kaufen, was sie besonders gerne isst. Er läuft die Treppe hinunter und knallt die Tür hinter sich zu.

Kaspar sieht nach Lærke.

»Wie geht es dir?«, fragt er, »brauchst du was?«

Sie schüttelt den Kopf, es sieht so aus, als lächle sie ein bisschen. Eine nackte Schulter guckt unter der Bettdecke hervor.

Rusk kommt nach Hause und schubst ihn weg.

»Lærke muss jetzt schlafen«, sagt er.

Kaspar geht hinaus in die Küche, nippt an Rusks Schnaps, und als Anne-Grethe und Hans im selben Augenblick anrufen und ihn fragen, ob er mit in die Bar komme, zieht Kaspar seinen Mantel an und geht.

In der Bar ist alles verschwommen. Die Leute drehen sich um und glotzen, Kaspar hört, wie sie von dem *Albinopostboten* reden. Als er an die Bar geht und bestellt, gucken die Leute bloß durch ihn durch. Er setzt sich an einen Tisch und stützt den Kopf in die Hände. Plötzlich steht Hans mit einem Bier vom Fass neben ihm, Anne-Grethe kommt von der anderen Seite und gibt ihm einen Kuss.

Sie trinken die ganze Nacht. Als Kaspar mit Anne-Grethe tanzt, drückt sie sich an ihn, so dass er den Schweiß an ihrem Hals spürt. Kaspar hält sie fest und schwingt Anne-Grethe durch das ganze Lokal, so dass die Leute Platz machen müssen und nur noch gucken können.

»Also, du musst uns dabei helfen, auf den Fjell zu kommen«, flüstert sie, als sie sich wieder hingesetzt haben und etwas verschnaufen.

Ihr Atem riecht sauer, die Haare stehen in alle Richtungen ab.

»Ich sterbe oder aber werde ganz unglücklich, wenn ich die Siedlung nicht zu sehen bekomme. Wenn ich ganz glücklich bin, möchte ich gerne Kinder mit Hans bekommen. Das wünscht er sich so. Wenn wir erst mal Kinder zusammen haben, werden wir uns nicht mehr so wie Geschwister fühlen.«

Kaspar denkt an Rusk und Lærke, die jetzt bestimmt zu Hause liegen und bumsen. Also beugt er sich hinunter zu Anne-Grethes Ohr und flüstert ihr den Code für die Pforte zu.

Um halb sechs geht er ohne Abschiedsgruß und kotzt an einen Laternenpfahl.

Zu Hause steht Lærke vollständig angezogen an der Treppe.

»Du bist ein Schwein«, schreit sie Rusk an, »bleib mir ja weg!«

Kaspar versucht, das Gleichgewicht zu halten, und sagt, dass sie sich mal beruhigen sollen. Lærke schubst ihn zur Seite und rennt die Treppe hinunter. Rusk läuft ihr nach und stößt einen Schrei aus. Als er droht, auf den Kopf zu fallen, muss Kaspar ihn halten, damit er sich nicht verletzt.

»Lærke«, schreit er.

Er schnappt nach Luft und bricht zusammen. Als er die

Augen wieder öffnet und sieht, dass Kaspar nur dasteht und guckt, steht er langsam auf.

»Die Post muss heute noch raus«, sagt er.

»Es liegt zu viel Schnee.«

»Es ging doch vorgestern ganz gut.«

Rusk knöpft die Uniform zu und hängt sich die Tasche über die Schulter. Eine gelb-graue Wolke gleitet vor sein Gesicht und lässt es zerknittert aussehen. Die Augen werden bleich, und er atmet schwer.

Kaspar geht als Erster die Treppe hinunter, muss sich aber an der Wand abstützen, um nicht zu fallen. Anne-Grethe erscheint nicht zur Arbeit. Keiner sagt etwas, und keiner hat Rusk jemals zuvor so schwerfällig sortieren sehen.

Das Postauto ist gepackt, und Rusk gibt Vollgas. Er hat Tränen in den Augen, und Kaspar kotzt in eine Plastiktüte. Die Berge schwanken, als Kaspar aussteigt. Einen Augenblick lang lehnt er sich ans Auto und hat einen so trockenen Hals, dass ihm die Tränen in die Augen schießen. Kaspar nimmt einen Klumpen Schnee und stopft ihn sich in den Mund. Die Kälte zieht in den Zähnen.

Rusk hat einige Skier gefunden, die noch älter sind als die, die Kaspar verloren hat. Er sagt, dass sie Frimærke-Fritz gehört haben. Kaspar kratzt mit dem Handschuh graue Spinnweben und tote Nachtschwärmer von ihnen herunter. Er wachst sie und spannt die knirschenden Lederriemen. Kaspar müht sich ab, schnauft und merkt, dass sein Atem nicht gut riecht.

»Wasser«, flüstert er.

Rusk reicht ihm den Flachmann. Kaspar erbricht, dass die gelbe Galle auf den Schnee regnet. Im Kopf hämmert es, es ist, als ob sein Herz im Hals sitze.

Auf dem Fjell liegt mehr Schnee als gestern. Kaspar starrt geradeaus auf Rusks Rücken und bewegt die Skier, als wäre er eine Maschine. Im Schnee sind tiefe Fußspuren, Lærke hat vielleicht schon die Siedlung erreicht.

Auf dem Weg hinunter zur Siedlung stolpert er und kullert zusammen mit grauen Schneeklumpen und losen Steinen hinunter. Sein eines Bein ist völlig verdreht. Sofies Haus kommt näher, etwas im Bein zwickt, wie ein Gummiband, das reißt. Er stürzt auf die Stufe vor Sofies Haustür.

Kaspar kann nicht aufstehen, das Bein fühlt sich komisch und schlaff an. Blut sickert aus einem Riss in der Hose, und der Schnee bekommt rosa Flecken. Er atmet schwer, und große Wolken erheben sich in die Luft wie der Rauch eines Vulkans. Rusk kauert sich neben ihn, schiebt ihm ein Kaugummi in den Mund und legt den Finger auf die Lippen.

Sofie kommt mit einer Sanitätstasche über der Schulter heraus.

»Wir brauchen einen Helikopter«, murmelt Rusk.

»Kaspar kann bleiben«, sagt Sofie schnell, »hier in der Siedlung haben wir immer alles alleine geschafft. Ich habe im Laufe der Zeit vielen verletzten Lämmern geholfen. Heute kann sowieso kein Helikopter landen.«

Kaspar wird hineingetragen und aufs Rokokosofa zwischen große Kissen, die nach Lavendel duften, gebettet. Sofie zieht ihm die Hose aus und betastet das Bein. Kaspar schreit. Sie wäscht ihn, legt das Bein hoch und wickelt es in gefrorene Erbsen.

»Es ist nur verstaucht«, sagt sie und reinigt einige Schrammen.

Rusk schaut Kaspar lange an. Dessen Zunge macht Schwierigkeiten, er kann nur zischende Laute ausstoßen.

»Pass gut auf dich auf«, murmelt Rusk und klopft ihm auf die Schulter.

Durch das Fenster kann er sehen, wie der Postmeister hinübergeht und an die Tür von Lærkes Haus klopft. Sie öffnet, schmeißt die Tür aber schnell wieder zu. Rusk wendet sich um, fällt auf alle Viere und kriecht hinauf in Richtung Fjell.

»Willst du etwas zum Lesen haben?«, fragt Sofie und wirft Kaspar einen Stapel Illustrierte hin.

Sie landen auf seinem Bein, er schreit.

»Tat das weh?«, fragt sie.

»Nein«, sagt er und schlägt eine Illustrierte auf.

Der König hat Marmorstatuen nach einigen Royalisten geworfen, die unter dem Balkon zu seinem Geburtstag gesungen haben.

Die Wärme in Sofies Zimmer veranlasst Kaspar dazu, zuerst die Schirmmütze und später die Uniformjacke auszuziehen. Abends serviert Sofie getrocknetes Stradivariusfleisch. Es liegt sonderbar rotbraun auf dem Teller, und Kaspar hat keinen Appetit. Sofie hilft ihm ins Gästezimmer, die Wände sind gelb, und hier ist es noch wärmer.

»Ich schlafe oben«, sagt sie, »du brauchst nur zu rufen, wenn etwas ist.«

Sie steht lange in der Tür und guckt, Kaspar schließt die Augen und tut so, als wäre er schon eingeschlafen.

Als sie gegangen ist, versucht er, seine Unterhose auszuziehen, aber jedes Mal, wenn er sich bewegt, schneidet es im Bein. Der Schweiß läuft wie ein tropischer Regenschauer. So muss es sein, wenn man an einem warmen Sommertag am Strand liegt, denkt Kaspar. Er atmet schwer und sehnt sich nach Schnee. Von oben hört man die Schritte von schweren Stiefeln. Es ist kaum zu glauben, dass eine Frau so trampeln kann.

Der Fjell umschließt die Siedlung, aus der Ferne sind gedämpft Bergrutsche zu hören. Und nicht weit von ihm entfernt schläft Lærke.

Er nimmt ihr den Pelz ab, den wollenen Hut und zieht ihr die hohen Stiefel aus, die bis ganz oben unter die Knie geschnürt sind. Er versinkt im Traum, erhebt sich von Lærkes Bett, geht hinaus ins Badezimmer und lächelt sich selbst im Spiegel zu. Dann platzt die blanke Oberfläche auf, und sein Gesicht verändert sich. Lærke steht direkt hinter ihm, sieht, dass die Haut sich abschält und das fremde Gesicht zum Vorschein kommt. Er hält sich die Augen zu, schreit, fällt und wacht durch den Klang seiner eigenen Stimme auf.

Kaspar versucht, weiterzuschlafen, aber bei jedem Blinzeln wird das fremde Gesicht als ein Nachbild auf der Netzhaut sichtbar. Er setzt sich auf, starrt auf die gelbe Wand und hustet, weil er Durst hat, wagt es aber nicht, ins Badezimmer zu gehen, um etwas zu trinken.

Kaspar erwacht durch Schusssalven. Er setzt sich auf. Überall tut es weh, als ob die Knochen zerbrochen sind, unter der Haut durcheinander geschüttelt und falsch zusammengesetzt wurden. Sofie schlurft durch die Tür herein, sie hat einen grauen Pelz an und trägt das Jagdgewehr über der Schulter. Kaspar hebt die Arme über den Kopf und ruft: »Hilfe«.

Er hat Sofie noch nie zuvor lachen gesehen, aber jetzt tut sie es. Sie krümmt sich auf dem Boden und verströmt Frische.

»Ich übe«, sagt sie und streicht das feuchte Haar aus der Stirn.

»Wölfe?«, flüstert Kaspar.

»Als ich klein war, gab es hier Wölfe«, sagt sie auf dem Teppich sitzend, »im Winter kamen sic dicht bis ans Haus, und wir, meine Familie und ich, kauerten uns zusammen.

Es waren nicht nur die Wölfe, die hungerten. Manchmal war die Frage, wer wen zuerst fraß. Diesen hier ...«, sagt sie und knöpft den Pelz auf, »... fertigte mein Vater für meine Mutter an. Der Wolf wollte Mutter gerade mit seinen Krallen packen, aber Vater war schneller. Der Pelz lag viele Jahre auf dem Dachboden, bis ich ihn gefunden habe, und eigentlich ist es ja ein sehr schöner Mantel. Guck, hier an den Ärmeln sind die Wolfskrallen festgenäht, sie sind immer noch scharf. Mein Vater hat sie drangelassen, damit meine Mutter sich immer verteidigen konnte, wenn sie angegriffen wurde.«

Sofie lächelt.

»Ich mache jetzt Frühstück«, sagt sie.

Als sie sich erhebt, streift der Pelz Kaspars Arm. Er riecht streng. Bis Kaspar sich ins Wohnzimmer geschleppt hat, hat sie den Tisch üppig gedeckt mit Joghurt, Fisch, Suppe, Obst und frisch gebackenem Brot. Das Tafelsilber glänzt wie ein Spiegel.

»Du musst zusehen, dass du dich erholst«, sagt sie und reicht ihm eine Platte mit Stradivariusfleisch und sagt, dass es nicht die beste Qualität sei, aber für den Alltag gut genug. Kaspar schüttelt den Kopf und nimmt stattdessen schnell einige marinierte Heringe, die mit einem Gespinst aus gehacktem Dill dekoriert sind.

»Machst du deine Besorgungen selbst in Fåreheim?«

Sofie grinst und fragt, was sie denn in der Stadt solle, wenn es so etwas wie Versandbestellung gebe. Die Waren kommen einmal im Monat mit dem Helikopter. Meistens ist eine Landung zu schwierig, weil der Wind aus der falschen Richtung kommt oder die Sicht schlecht ist, und dann werden die Waren nur abgeworfen.

Draußen ist Flötenmusik zu hören.

»Lærke ist von ihrer Tante zurückgekommen oder wen auch immer sie in Fåreheim besucht hat«, sagt Sofie, »ich habe sie eingestellt, damit sie für die Schafe spielt, während die fressen. Das steigert den Appetit. Seitdem ich einen Musiker eingestellt habe, konnte ich die Fleischpreise um zehn Prozent anheben. Hast du übrigens mein Logo gesehen?«

Sie reicht Kaspar einen Bogen Briefpapier. Ganz oben ist als kleines schwarz-weißes Motiv ein gebücktes flötenspielendes Mädchen aufgedruckt.

Er versucht aufzustehen, um auf die Toilette zu gehen, schafft es aber nicht allein. Sofie steht hinter ihm und reicht ihm ein Stück Toilettenpapier, als er fertig ist. Was soll er damit? Kaspar legt sich wieder auf das Rokokosofa. Sofie setzt sich in den Schaukelstuhl und liest Zeitung. Sie schneidet Bilder aus und legt sie in eine Schachtel.

In einer der Illustrierten befindet sich eine Beilage mit dem Text: *Teste dich selbst, wie nahe DU mit der königlichen Familie verwandt bist.* Innen in der Beilage befindet sich ein dünnes Blatt Papier mit genoppter Oberfläche. In einer kleinen Plastiktüte liegt eine Nadel. In der Anleitung steht: *Gib einen Tropfen von DEINEM Blut auf das Papier und lass es zwei Minuten trocknen. Vergleiche nun die Farbe mit der beigelegten Farbskala. Je weiter oben die Übereinstimmung auf der blauen Skala ist, desto näher bist DU mit der königlichen Familie verwandt.*

Kaspar grinst, Sofie sieht sauer aus, niemand darf über ihre Illustrierten lachen. In der Ferne blökt ein Schaf.

»Das ist das Mutterschaf«, sagt sie bitter, »es vermisst immer noch sein Lamm. Es ist nun fast nicht mehr zu gebrauchen, ein Schaf, das sein Lamm verliert, büßt drei Prozent seiner Fleischqualität ein, man kann es nicht kauen, und es schmeckt sauer. Aber es ist selbstverständlich schlimmer, dass ich das Lamm verloren habe.«

Sie schluckt, dass ihr Seidenhalstuch um den Hals flattert.

Später am Tag steht Sofie auf und blickt hinauf zum Fjell.

»Da kommt Rusk«, ruft sie.

Der verlassene Schaukelstuhl wippt heftig vor und zurück.

Rusk bringt reine und kühle Luft mit ins Zimmer. Er schlurft gleich herein, ohne seine Stiefel auszuziehen, und verteilt schwarzen Schlamm auf dem Parkettboden. Rusk reicht Kaspar ein paar zerdrückte Blumen und wirft die Post auf Sofies Tisch. Er setzt sich nicht hin, sondern wandert auf und ab, obwohl es heute Torte gibt.

»Ich muss weiter«, murmelt er und verlässt das Haus.

Rusk steht draußen und unterhält sich mit Lærke. Sein Mund öffnet und schließt sich lautlos wie ein Fisch im Wasser. Lærke schubst ihn weg, stemmt die Hände in die Seiten und geht nach Hause. Das trockene gelbe Gras steckt seine Spitzen durch den Schnee und schwankt im Wind. Rusk stürzt und bricht zusammen. Die Schirmmütze fliegt davon, das viel zu lange Haar und der Bart flattern in alle Richtungen. Kaspar will hinaus und Rusk helfen, aber das Bein knickt unter ihm weg. Er hüpft auf dem gesunden, aber das Blut läuft von seinem Kopf, und er fällt um.

»So geh doch hinaus zu ihm«, flüstert Kaspar.

Aber Sofie sitzt da, die Hände im Schoß. Nachdem Kaspar einige Zeit auf dem Boden gelegen und gezappelt hat, kommt sie und hilft ihm auf.

»Du siehst schrecklich aus«, sagt sie, »hast du heute Nacht überhaupt ein Auge zugetan?«

»Es ist immer schwer, an einem neuen Ort zu schlafen«, murmelt er.

»Ja«, sagt Sofie verständig und drückt ihn auf das Sofa, »das habe ich auch in einer Zeitung gelesen. Ich habe nie woanders geschlafen als hier, aber angeblich soll man viel träumen, wenn man an einem anderen Ort schläft. Ich habe probiert, hier auf dem Sofa zu liegen, im Gästezimmer und draußen bei den Schafen, aber es hat nicht geholfen. Ich habe nicht mehr geträumt, seit ich jung war.«

Sie packt die Blumen aus und stellt sie in eine Vase. Es ist eine Karte dabei von Hans und Anne-Grethe. *Gute Besserung* steht da, *wir freuen uns darauf, dich wiederzusehen.*

Sofie setzt sich aufs Sofa und betrachtet lange Kaspars Unterhose.

»Solltest du nicht eine saubere anziehen?«

»Gewöhnlich hält sie eine Woche. Ich habe auch nur die hier mit.«

Sie zieht ihm die Unterhose aus und guckt neugierig. Auf Kaspars Schenkeln wachsen bleiche Haare. Sofie bleibt stehen und faltet die Unterhose langsam sieben Mal zusammen.

Weit entfernt flötet Lærke, die Töne sind leicht wie Blumensamen und steigen hinauf wie Vögel. Kaspar sieht ihren kleinen hellroten Mund vor sich – den, der bläst. Sie schließt die Augen, während er sie auszieht, ganz bis zur Spitze des Venushügels. Selbst wenn sie nackt ist, spielt sie. Kaspar zieht sie hinunter zu einem Bach, der glasklar ist. Als sie hineingucken, sieht er Lærkes Gesicht, aber sein eigenes ist verändert. Kaspar plantscht mit dem Fuß im Wasser, und das fremde Gesicht verschwindet. Er atmet tief ein und trocknet sein Gesicht mit einem Handtuch.

Aber als er es ins Gras wirft, ist da im Stoff ein Abdruck des fremden Gesichtes zu erkennen.

Kaspar wacht vom Klang seiner eigenen Stimme auf. Im Wohnzimmer ist es halbdunkel, Sofie sitzt in ihrem Schaukelstuhl, die Poul-Henningsen-Lampe brennt, und sie blättert in »Haus und Heim«.

»Du träumst«, sagt sie.

Kaspar berührt sein brennendes Gesicht, aber die Haut sitzt glatt und fest. Er humpelt ins Gästezimmer und fällt auf das Bett.

»Ruf, wenn etwas ist«, schreit Sofie.

Er versucht, die Augen offen zu halten, aber sie *wollen* zufallen. Lærke kommt gelaufen, sie schaut Kaspar lange an, und sein Gesicht spiegelt sich in ihren Pupillen wider. Die Nase wächst, die Stirn wird ausgeprägter. Schnell setzt er sich im Bett auf, schwingt die Beine langsam über die Kante und geht zur Toilette. Er pinkelt bei offener Tür, klatscht sich kaltes Wasser ins Gesicht, vermeidet, sich selbst im Spiegel anzusehen, und humpelt zurück ins Zimmer. Einen Moment lang stützt er sich versehentlich auf das Bein und muss die Faust in den Mund stecken, um nicht zu schreien. Sofie läuft oben herum.

Im Gang hängen Fotografien, die meisten sind von Schafen. Schafe im Pferch, auf dem Fjell, Schafe mit und ohne Lamm. Bei der Treppe hängt eine Reihe von Fotos, auf denen zwei Mädchen zu sehen sind. Auf dem ersten liegen sie verschlungen in einer Wiege, auf dem anderen sitzen sie auf einem Felsblock, ganz dicht zusammen. Das eine Mädchen ist schöner als das andere, es streckt seine Arme in die Luft, während das andere sich an den Felsen klammert. Sie sitzen vor etwas, das Sofies Haus sein muss, bevor es modernisiert wurde. Dann folgen einige Fotografien, auf denen die Mädchen immer nebeneinander sitzen, aber ohne sich zu berühren. Je älter sie werden, umso deutlicher wird, dass die weniger Schöne Sofie sein muss. Als letztes in der Reihe hängt ein Bild von einem jungen Postboten. Das ist ja Rusk! Er hat genau denselben Schnurrbart, wie Großvater ihn hatte, als er jung war. Kaspar lacht.

Kaspar krabbelt ins Bett und legt sich mit weit geöffneten Augen hin. Die zwei Mädchen saßen nah beieinander, fast zu nah. Es war, als ob ihre Arme keinen Platz hätten und die Kleider aus einem Stück Stoff genäht wären. Er schläft ein und träumt, fährt wieder aus dem Schlaf auf und liegt da mit offenen Augen. So geht es die ganze Nacht, bis das Tageslicht durch die Gardinen blinzelt.

Kaspar ist hungrig und humpelt ins Wohnzimmer, das in blaues Licht getaucht ist. Sofie liegt unter dem Solarium, Kaspar räuspert sich und hält die Hand vor seinen Unterleib.

»Ist meine Unterhose trocken?«

»Mm«, sagt sie, »die hängt im Badezimmer.«

Kaspar sitzt zehn Minuten lang und starrt auf Sofies Körper, der unter der langen Röhre lila leuchtet. Das Solarium stellt sich ab, Sofie schmiegt sich in ihren Bademantel und wischt sich den Schweiß von der Oberlippe, so dass der kleine schwarze Schnurrbart ganz zerzaust wird.

»Mein Mitarbeiter und seine Frau kommen hin und wieder und leihen sich das Solarium aus. Hier gibt es ganz wenige Sonnenstunden im Jahr, und wenn die Sonne endlich kommt, werden wir ganz verbrannt. Aber wenn man schon vorher etwas Farbe hat, bekommt man keinen Sonnenbrand.«

Sofie bindet sich den Bademantel zu.

»Das Solarium kam vor fünfzehn Jahren mit dem Helikopter, ich hatte es gar nicht bestellt. Ich wollte es zurückschicken, aber es stand mein Name drauf.«

Sie klappt das Solarium zusammen und rollt es unter das Sofa.

»Jetzt mache ich Frühstück«, sagt sie.

So vergehen vierzehn Tage in Sofies Haus, während die Zeit sich Ostern nähert.

An einem herrlich bewölkten Morgen zieht Kaspar sich einen Mantel an und humpelt hinaus. Er kann sich jetzt auf das Bein stützen, und wenn er langsam geht, gibt es keine Probleme. Die Luft ist klirrend kalt, und der Schweiß, der zwei Wochen lang aus den Achselhöhlen gelaufen ist, erstarrt. Der Wind erfrischt die eingefallenen Augen, und einen Augenblick lang spürt er nicht, wie wenig er in den vielen vergangenen Nächten geschlafen hat.

Die Berge sind schön und blau. Die Wasserpfützen sind von einer dünnen Eisschicht bedeckt, und der Schnee, der noch übrig ist, liegt wie eine dünne Daunendecke über der Siedlung. Kaspar geht zum Stall, vielleicht hat er Glück und kann Lærke spielen hören?

Sofies Mitarbeiter hebt Heu von einem Wagen.

»Nanu, da kommt ja der gefallene Postbote«, grinst er, »man kann gut erkennen, dass du gerade erst vom Krankenlager aufgestanden bist, so bleich, wie du aussiehst.«

Kaspar nickt und lächelt. Das Heu erinnert an getrocknete Blumen und duftet nach Honig.

»Das sind die lila Blumen, die oben auf dem Fjell wachsen. Sie helfen mit, dem Schaffleisch den ganz besonderen Stradivariusgeschmack zu geben.«

Kaspar geht mit in den Stall. Anscheinend hat ihn ein Architekt entworfen, er duftet nach frischem Holz, und das gewölbte Dach ist aus Kupfer. Das Mutterschaf steht in einer Ecke und blökt, der Mitarbeiter zapft etwas von einer gelbbraunen Flüssigkeit aus einem Behälter und gibt es dem Schaf.

»Bier ist unglaublich gut für ihren Appetit. Wenn sie nicht fressen wollen, bekommen sie gleich einen Becher voll.«

Verschwendung von guten Waren, denkt Kaspar. Der Mitarbeiter zieht ein Paar weiße Handschuhe an und fängt an, die Schafe zu massieren. Diese seufzen tief, schließen die Augen, und selbst das Mutterschaf wird ruhig.

»Wir versuchen, das unglückliche Schaf etwas aufzupäppeln, aber es wird wohl damit enden, dass wir es zu Hackfleisch verarbeiten müssen, Stradivariusfrikadellen sind auch lecker. Das größte Problem ist, dass das Blöken des Mutterschafs die ganze Herde beeinflusst. Sie verlieren vom Zuhören den Appetit.«

Er massiert die Schafe ein zweites Mal.

»Es ist wichtig, dass sich das Fett im ganzen Fleisch verteilt«, sagt er, »das Fett gibt den Geschmack, und es soll nicht nur ein weißer Streifen am Rand des Fleisches sein.«

Kaspar setzt sich auf einen Strohballen.

»Die Japaner schneiden das Fleisch in dünne Streifen und kochen es zusammen mit Gemüse nur ganz wenige Minuten in Wasser. Der Verkaufspreis für die besten unserer Schafe entspricht dem Achtfachen meines Jahreslohns.«

Der Mitarbeiter holt eine Mappe hervor, geht eine Runde und flüstert den Schafen einige Sätze ins Ohr. Sie stehen ganz still mit der Schnauze unten in der Streu.

»Ich lese jedem ein Haikugedicht vor«, sagt er, »leider

nicht auf Japanisch, ich habe aufgegeben, es zu lernen. Sofie spricht es fast fließend, aber sie hat auch die letzten fünfzehn Jahre an einem Fernkurs teilgenommen. Ab und zu kommt sie heraus und flüstert ihnen etwas zu, so dass sie die Möglichkeit haben, etwas in der Sprache zu hören.«

Der Mitarbeiter reicht Kaspar die Mappe, in der von jedem Tier ein Foto ist, darunter sind jeweils das Datum der Geburt, die Uhrzeit, die Abstammung und ein Haikugedicht angeführt.

»Wir sind sehr genau, was den Geburtszeitpunkt betrifft. Einige Importeure kaufen danach ein, andere legen mehr Wert auf das Haiku.«

Der Mitarbeiter nimmt ein großes Messer von der Wand, geht eine weitere Runde und streicht den Schafen damit über die Gurgel. Sie stehen ganz still, als ob sie es genießen würden.

»Die Schafe müssen sich daran gewöhnen. An dem Tag, an dem sie geschlachtet werden, dürfen sie nicht unruhig sein. Wenn sie verschreckt sind, fällt der Fleischpreis um fünfzehn Prozent.«

Lærke kommt herein. Sie hat ein orangefarbenes Seidenkleid an und ein Nerzcape über den Schultern.

»So, jetzt beginnt das Vormittagskonzert«, sagt der Mitarbeiter, nickt Lærke zu und geht. Kaspar bleibt stehen.

»Ich habe mich so darauf gefreut, dich spielen zu hören«, sagt er und lächelt.

»Ich spiele nur für Schafe.«

»Ich mag Musik, ich sitze nur hier in der Ecke und lausche.«

»Auf Wiedersehen«, sagt sie.

Kaspar humpelt hinaus, aber da ist ein Astloch in der Wand. Lærke öffnet eine rote Samtschachtel und holt die

Flöte heraus. Sie glitzert golden in der Dunkelheit des Stalles. Lærke putzt die Flöte mit einem Tuch, bläst ein paar Mal, ohne Töne zu erzeugen, und spielt einige Tonleitern. Dann stellt sie sich auf eine Holzkiste und verbeugt sich. Lærke holt tief Luft und setzt die Flöte an die hellroten Lippen. Kaspar wird es schwindlig, jeder Ton ist wie eine weiße Perle, die in einem glitzernden Meer herumtrudelt. Als sie drei Sätze beendet hat, bleibt Kaspar noch einen Augenblick stehen und spürt, wie der letzte Ton verschwindet. Dann beginnt er zu klatschen und zu johlen. Lærke schreit und kommt nach draußen gestürzt.

»Spanner!«, ruft sie und zerkratzt ihm das Gesicht mit langen Fingernägeln, wirft ihn mit einem Tritt um und setzt sich auf ihn. Er versucht freizukommen, aber das schlimme Bein liegt verdreht. Lærke schließt die Hände um seinen Hals und drückt den Hinterkopf in eine gefrorene Pfütze, die mit einem Knall zerspringt.

»Hat dir niemand gesagt, dass du nicht klatschen sollst?«

Sie faucht in sein Gesicht, Kaspar kann ihre feuchte Haut riechen.

»Aber es klingt herrlich«, flüstert er.

»Danke, das weiß ich auch«, sagt sie, steht auf und wischt ihre Kleidung ab.

Eine Träne fällt aus einem Augenwinkel, sie wendet sich um und geht in den Stall. Kaspar steht langsam auf und schwankt zum Astloch, aber sie schlägt ihm mit der geballten Faust aufs Auge und verstopft das Loch mit lila Blumen.

»Geh fort«, ruft sie, »ich hasse Postboten.«

Kaspar läuft umher, das Gesicht blutet, und er hat keine Lust, zurück zu Sofie zu gehen. Dann steht er plötzlich an der Treppe, die sich hoch zu dem weißen Schloss windet. Er hüpft auf einem Bein hinauf. Es regnet stark, und die Stufen sind schmal, und in jeder befindet sich eine blankgeschliffene Vertiefung.

Er steigt langsam durch die feuchten Wolken hinauf, die sich wie ein Schleier vor die Augen legen. Das weiße Schloss wird sichtbar, die Sonne schreit in sein Gesicht, und die Treppe verschwindet in der schwarzgrauen Tiefe hinter ihm. Er hat weder Sonnencreme noch eine Sonnenbrille mit, er zieht die Schirmmütze über die Ohren und schlägt den Kragen hoch.

Auf der Terrasse drückt er seine Nase an den großen Panoramafenstern des Schlosses platt. Drinnen ist alles weiß, und die Möbel sind mit Laken abgedeckt. Kaspar drückt den Türgriff hinunter und geht hinein, ein Kristallleuchter klirrt an der Decke. Die Sonne erwärmt den vordersten Teil des Raumes, aber je weiter er hineinkommt, desto kälter wird es. Kaspar blinzelt durch die Panoramafenster. Vielleicht schafft er es, ohne jede Anstrengung hinaus bis zu den Wolken zu wandern und bis zum Ende der Welt zu gehen? An einzelnen Stellen ragen Berggipfel empor wie Steinhaufen im Schnee. Das ist vielleicht die schönste Stelle der Welt, aber auch die einsamste. Der Jetstream heult um die Ecken.

Auf einem Berggipfel, ein Stück entfernt, erkennt er einen kleinen roten Punkt. Das muss Rusk sein, der sich einen Schnaps genehmigt. Er schließt die Augen, das Licht ist zu stark, obwohl er hinter den Glasscheiben in Sicherheit ist. Hinter den Augenlidern schweben weiße Punkte und werden zu fliegenden Engeln. Kaspar geht hinaus und humpelt hinab, so schnell er kann. In den grauen Wolken prickelt der Regen herrlich und kühlt das Gesicht.

Rusk klopft an Lærkes Tür. Sie öffnet nicht, er sackt zusammen, wird zu einem kleinen, gebeugten Mann und schleppt sich hinüber zu Sofies Haus. Er blickt nicht auf, als Kaspar ins Zimmer kommt. Das graue Haar quillt aus der Kopfhaut, er riecht nach Schnaps und Urin. Auch heute hat er vergessen, die Stiefel auszuziehen, und steht steif mitten im Zimmer, während er am Schloss der Posttasche herumfingert.

»Setz dich«, flüstert Kaspar.

Er bleibt stehen. Sofie ist in der Küche, um Kaffee zu kochen, als Kaspar bemerkt, dass Rusks Hinterteil nass ist. Er zieht ihn rückwärts ins Badezimmer und hilft dem Postmeister aus den Hosen. Kaspar wäscht die Unterhose aus.

Rusk kratzt sich im Schritt und in der Nase, Kaspar zieht seine eigene Unterhose aus, gibt sie Rusk und hängt dessen Hose zum Trocknen auf. Rusk tritt auf der Stelle herum, und Kaspar hat seine liebe Not, ihm die Hose wieder anzuziehen. Er stützt ihn unter den Armen, sie gehen ins Wohnzimmer und setzen sich auf das Sofa.

»Was ist passiert?«, sagt Sofie, als sie Kaspars zerkratztes Gesicht sieht.

»Ich bin gefallen.«

Rusk trommelt auf den Tisch und trinkt versehentlich seinen Kaffee, der noch kochend heiß ist. Er heult auf und schlägt sich auf die Schenkel.

»Rusk«, schreit Sofie, als ob er taub wäre, »warum kommst du heute, es ist Karfreitag, und du weißt doch, dass du an Feiertagen frei hast.«

Kaspar hilft Rusk, das Schloss zu öffnen, aber es sind keine Briefe in der Tasche. Rusk steht auf und geht zur Tür hinaus.

»Du musst gesund werden«, sagt Sofie, als sie und Kaspar auf der Stufe vor der Haustür stehen und dem Postmeister hinterherschauen.

Sofie steht direkt hinter ihm und atmet schnell, ihr Atem kitzelt im Nacken. Kaspar wendet sich um und sieht, dass sie weint. Er bekommt ebenfalls feuchte Augen. Als er Rusk gehen sieht, zuckt es auch in seinen Füßen. Kaspar reibt sich die Socken an der Stufe unter ihm. Der Stein ist uneben, so als hätte er ein Muster. Hier im schrägen Licht des Sonnenuntergangs werden die Umrisse eines Tiers im Stein sichtbar. Er bückt sich und folgt den Einritzungen mit dem Finger. Es ist ein wanderndes Lamm.

»Unter dem Stein sind mehrere weiße Widderlämmer begraben«, sagt Sofie wie zu sich selbst, »das letzte wurde begraben, als ich jung war – damals, als meine Schwester in die Stadt zog. Ich fesselte es an den Beinen und begrub es lebendig unter dem Stein. Das ist so üblich in der Siedlung, um den Unfrieden nicht ins Haus zu lassen. Als meine Schwester und ich geboren werden sollten, wurde ebenfalls ein Widderlamm begraben. Meine Mutter und mein Vater wussten, dass es gefährlich werden könnte, weil sie Zwillinge erwarteten. Es hilft ganz gut, ein Lamm zu begraben, aber die Magie muss ab und zu erneuert werden, sonst kann das Lamm, das zuletzt begraben wurde, auf die Idee kommen herumzuspuken.

Als meine Schwester in die Stadt zog und ich das weiße Lamm begrub, kaufte ich auch einige Kilometer Zaun, den ich setzte, damit die Schafe nicht weglaufen können und keine fremden Schafe hereinkönnen. Aber die Zaunpfähle sind jetzt am Vermodern, und der Stacheldraht rostet. Es wird lange dauern, alles auszuwechseln, und es werden Löcher entstehen, bevor ich fertig bin. Es hätte geholfen, wenn ich es geschafft hätte, das weiße Lamm unter der

Türschwelle zu begraben. Aber es ist bestimmt schon längst im Schnee umgekommen.«

Sofie hält den Atem an, lauscht dem Wind und den kleinen Wassertropfen, die aus der Dachtraufe fallen.

»Kannst du das hören?«, flüstert sie und hält die Hand hinter das Ohr, »der Wind hat die Richtung geändert, es ist auch etwas mit der Farbe der Wolken. Irgendetwas kündigt sich an, Unfrieden vielleicht. Es fing an, als ich dich das erste Mal sah ... oder war es, als das Lamm verschwand?«

Sofie seufzt und stampft ungeduldig auf den Boden.

»Nein«, sagt sie, »es ist gewiss alles zusammen. Wir hier in der Siedlung sind einfach dabei, alt zu werden.«

Sofie geht hinein, während Kaspar stehen bleibt und darüber nachsinnt, ob man wirklich etwas von der Tür fernhalten kann, indem man es fesselt.

Kaspar geht ins Badezimmer und wäscht sich sein Gesicht. In das weiße Waschbecken läuft rotes Wasser.

Sofie knallt die Teller auf den Tisch, sie weint, und Kaspar ist ihr nur im Weg. Sie essen und schauen hinaus ins Dunkel. Sofie kaut an einem Stradivariuskotelett, aber Kaspar nimmt nur Soße und Kartoffeln. Später räumt Sofie den Tisch ab, lässt ein Glas fallen und flucht. Kaspar legt sich still auf das Sofa, aber es tut überall weh, das Gesicht ist auch geschwollen.

Als Sofie abgewaschen hat, sitzt jeder für sich allein und liest in einer Illustrierten, bis die Kuckucksuhr zwölf schlägt und Sofie in ihr Zimmer geht. Kaspar kriecht in sein Zimmer und hievt sich mit den Armen ins Bett. Er ist unruhig wegen des Lamms zu Hause. Rusk hat ja überhaupt nichts im Griff.

Ich hätte das Fressen in das Tier hineinzwingen müssen,

denkt er, und das Ende mit einem Stöpsel verschließen müssen. Alle lebenden Wesen müssen doch essen und trinken.

Kaspar presst die Hände gegen die Augen und sieht das kleine weiße Lamm vor sich. Es liegt auf dem Fußboden und schnappt nach Luft und ist nicht viel mehr als Haut und Knochen und große glänzende Augen. Es erleidet vielleicht gerade jetzt einen fürchterlichen Tod, und das ist ganz allein seine Schuld, denn der Tod kann nicht mehr rückgängig gemacht werden.

Nach dem Ausflug mit dem Albinoverein und seiner Flucht über den Fjell wünschte er sich nichts anderes als ein zahmes Tier. Eines Tages fand er im Garten ein Amseljunges, das aus dem Nest gefallen sein musste. Kaspar bedrängte seine Mutter und bekam selbstverständlich seinen Willen, denn sie fand, dass es schade sei, wenn er so lange alleine ist, während sie draußen Kunden besucht. Kaspar behielt den Vogel, und Mutter sorgte dafür, dass er einen ungewöhnlich großen Käfig bekam.

Zu Beginn liebte er den Vogel. Dieser konnte gut pfeifen, aber nur die Mutter konnte ihn dazu bringen. Sie war auch so musikinteressiert. Wenn Kaspar am Käfig vorbeikam, saß der Vogel nur auf der Stange und guckte. Wenn er die Hand hineinstreckte, schlug der Vogel erschrocken mit den Flügeln gegen das Gitter, als ob er befürchte, dass Kaspar ihn umbringen wolle.

Es war vereinbart, dass Kaspar ihn selbst versorgen müsse, aber wenn er von der Schule nach Hause kam, hatte er immer etwas anderes zu tun.

Eines Tages saß der Vogel nur auf seiner Stange und schlief, und Kaspar entdeckte, dass eine weiße Flüssigkeit aus seinem Schnabel floss. Er stocherte ein bisschen mit einem Bleistift an ihm herum, aber er wachte nicht auf. Kaspar wurde nervös und hatte es plötzlich eilig, Fressen in die Futterschale zu füllen, den stinkenden Sand und das algengrüne Wasser auszuwechseln.

»Na«, sagte Mutter, als sie heimkam, »dein Vogel ist bestimmt müde geworden.«

Sie legte eine Decke über den Käfig.

Am nächsten Tag schlug er wieder mit den Flügeln, Kaspar riss den Vogel aus dem Käfig, öffnete das Fenster und warf ihn hinaus. Er rechnete damit, dass er tot zur Erde fallen würde, aber stattdessen öffnete die Amsel ihre Flügel und flog davon.

Kaspar setzte die Sonnenbrille auf und schmierte sich mit Sonnencreme ein und ging hinaus in die Stadt. Überall war der Vogel zu hören. Zuerst saß er in einem Baum und sang, dann saß er auf einem Dach. Kaspar versuchte zu rufen, bekam aber keinen Ton über seine Lippen. Irgendwo saß jemand in einem Fenster und spielte Flöte. Der Vogel antwortete.

Mutter kam nach Hause, sah den leeren Käfig und das offene Fenster.

»Wo ist der Vogel?«, schrie sie.

»Ach«, flüsterte Kaspar, »ich wollte es nicht. Ich habe den Käfig geöffnet, hatte aber vergessen, dass das Fenster auch offen war.«

»Nein«, brüllte Mutter, »er hatte so eine schöne Stimme.«

Mutter sah hinauf in den großen Himmel, und Kaspar schluchzte los. Zuerst sah es so aus, als täte er nur so, aber schnell ging es in richtiges Weinen über. Mutter zog ihn an sich, und er konnte merken, dass sie ebenfalls weinte. Sie holte Milch und Bonbons, aber das half nur wenig. Dann begann Mutter zu erzählen, wie sehr sie ihn liebe, dass er alles für sie bedeute. Als sie ihm viele Liebeserklärungen gemacht hatte und Kaspar genauso viel geweint hatte, hörten sie auf und sahen sich an.

»Du musst wissen, dass er da draußen alleine wohl nicht zurechtkommt«, sagte Mutter, »er ist es nicht gewohnt, sich sein Futter selbst zu suchen. Aber ich habe eine Idee«, sagte sie, »wir können den Vogel zwar nicht richtig begraben, aber wir können einen Gedenkstein für ihn errichten.«

Kaspar fand im Garten einen mittelschönen Stein, und Mutter schrieb den Namen der Amsel mit Nagellack darauf. Sie setzten ihn in eine Ecke des Gartens und legten einen Blumenstrauß daneben.

Gegen Abend ging Kaspar hinaus. Der Vogel lag mitten auf dem Rasen, die Beine in die Luft gestreckt. Kaspar versetzte ihm einen festen Tritt, so dass er in die Hecke flog.

»Bescheuerter Vogel«, sagte er.

Seine Mutter stand in der Gartentür.

»Kaspar …«, sagte sie und schaute ihn sonderbar an.

Mit einem Male wurde sie furchtbar zornig. Sie schimpfte ihn einen Lügner und spuckte tausend Mal. Sie fauchte, kreischte und schrie.

Es dauerte eine ganze Weile, bevor die Mutter sah, dass ihr Sohn alleine auf dem Rasen stand und von einer Seite zur anderen schwankte. Die Mutter ging zu ihm hin, und etwas durchfuhr sie. Ihr Gesicht veränderte sich. Mutter sah Kaspar mit einem Blick an, den er noch nie bei jemandem gesehen hatte. Es war, als ob sie etwas ganz innen in ihm wiedererkannte, von dem er selbst nichts wusste. Sie blinzelte mit den Augen und klopfte ihm auf die Schulter.

»Entschuldige«, sagte sie, »ich weiß nicht, was mit mir

los war. Aber du bist nicht nur mein Sohn, du bist auch ein guter Freund. Wir gleichen uns sehr.«

Er vergab ihr und schwor sich, nie mehr ein lebendes Geschöpf leiden zu lassen. In Zukunft wolle er sich mit allem Mühe geben.

Kaspar dreht die Nachttischlampe so, dass sie blendet. Der Schweiß läuft und bitzelt auf den Lippen, aber er schläft trotzdem ein. Lærkes Lachen erscheint unter seinen Augenlidern, die hellroten Lippen und Hände bewegen sich auf der Flöte hin und her. Dann schält sich sein Gesicht erneut, er fühlt mit den Händen und spürt einen Zug, den er kennen müsste, wobei er sich aber nicht daran erinnern kann, woher.

Kaspar wacht auf, schnappt nach Luft und guckt auf die Uhr. Es ist noch lange bis zum Morgen. Es tut überall weh, aber Sofie läuft oben herum. Vielleicht hat sie eine Schmerztablette?

Er bewegt sich aus dem Bett, kriecht den Gang entlang und die Treppe hinauf. Als er ihre Tür erreicht, kann er nicht mehr. Kaspar streckt die Hand aus, um zu klopfen, wird aber plötzlich schlapp. Sofie streckt den Kopf heraus.

»Kaspar«, murmelt sie, »komm doch herein.«

Sie hilft ihm hinauf ins Bett, er blickt in ihre Augen. Sie hat auch noch nicht geschlafen.

»Warum ist es hier so entsetzlich warm?«, flüstert er, »kann man nicht den Heizofen etwas zurückdrehen oder weniger Holz in den Kachelofen legen?«

»Ich hab einmal etwas über Traumdeutung in der Beilage einer Illustrierten gelesen. Dort stand, dass man umso mehr träumt, je wärmer man schläft. Die Wärme bringt das Gehirn zum Brodeln, und Bilder, die vielleicht schon lange da waren und warteten, fangen an, sich zu entwickeln. Aber es hilft nichts, vielleicht bin ich immun geworden. Manchmal wünschte ich bloß ...«

Nur die Bettlampe brennt, der Schirm leuchtet rot, sie setzt sich auf das Bett.

»... dass jemand einen großen Scheiterhaufen anzündet und mich hineinwirft. Ich bin sicher, wenn alles in mir zerreißt, werde ich fremde Dinge sehen. Nur ein kurzer, kleiner Traum, und ich will glücklich sterben.«

Sofie fährt sich mit den großen Händen müde durch das Gesicht, dann öffnet sie die Augen und sieht ihn an.

»Willst du mir erzählen, was du träumst?«

Kaspar schüttelt den Kopf.

»Vielleicht ist es ansteckend?«, sagt sie.

Kaspar öffnet und schließt ein paar Mal die Augen. Es ist nicht leicht, Bilder in Worte zu fassen. Aber es liegt heute Nacht etwas in der Luft, was vorher nicht da war. Sofie sitzt dicht bei ihm, sie möchte gerne zuhören, und sie haben die ganze Nacht Zeit. Draußen tobt das Wetter, es sind viele Kilometer bis zur nächsten Stadt, und keiner weiß, dass sie hier wach sitzen.

»Ja, ich träume von einem Mädchen, einem jungen Mädchen, mit dem ich schlafe. Aber dann ist da plötzlich etwas mit meinem Gesicht, die Haut schält sich, und dann ist plötzlich ein anderes darunter.«

»Erkennst du das Gesicht?«

»Nein, aber ich glaube, ich müsste es eigentlich.«

Es ist sonderbar, von seinen Träumen zu erzählen, das hat Kaspar vorher noch nie versucht. Klebrige Fäden von Spinnweben lösen sich auf.

Sofie wickelt die Decke fest um sie beide.

»Es gibt keinen Menschen, der sich selbst ganz kennt.

Und die Menschen, die behaupten, sie täten es, haben immer etwas vergessen.«

Sofie räuspert sich und erzählt:

»Ich hatte einmal eine Schwester. Oder besser gesagt, wir waren mehr als das. Wir waren siamesische Zwillinge und so zusammengewachsen, dass wir uns in die Augen schauten. Wir waren wie ein Spiegel – lächelte sie, lächelte ich. Weinte sie, weinte ich. Zuerst wagten die Ärzte nicht, uns zu trennen. Aber als wir drei Jahre alt waren, kam ein Spezialist in die Siedlung. Er sagte, dass er von uns gehört habe. Vielleicht dachte er, er würde berühmt werden, wenn er eine erfolgreiche Operation durchführen konnte. Der Arzt erzählte, dass wir sterben würden, bevor wir erwachsen sind, wenn nichts getan würde. Abgesehen von dem rein Physischen glaubte er auch nicht, dass es psychisch gut für uns sei, so miteinander verbunden zu sein.

Der Arzt trug meine Schwester und mich über den Fjell. Das war das einzige Mal, dass ich außerhalb der Siedlung war. Ich kann mich an die Bäume und die weiße Klinik erinnern, die hoch oben an der Seite eines Berges lag. Erst später fanden wir heraus, dass dies die erste Operation dieser Art war, die geglückt war.

Obwohl wir voneinander getrennt worden waren, gingen wir immer nebeneinander her. Wir trugen die gleiche Kleidung, aber die Leute konnten uns trotzdem gut unterscheiden. Mira war am schönsten, das sah man besonders nach der Operation.

Ich erinnere mich ganz deutlich an die seltenen Sommertage, wenn die Sonne schien. Wir hatten kurze Kleider an, wuchsen im selben Takt, lagen in einem Heuschober und starrten in den Himmel, wo die Vögel segelten, wohin sie wollten. Mira erzählte oft von der Sonne, sie sprach davon, dass es fantastisch sein müsse, an einem Ort zu wohnen, wo es etwas wärmer und heller sei. Mira wurde im Winter immer traurig, aber ich habe nie einen Unterschied gespürt.

Vom Dach des Heuschobers aus sahen wir zum ersten Mal Rainar Rusk. Später stritten wir darüber, wer als Erster den neuen roten Punkt gesehen hatte, der zusammen mit Apostel-Per daherkam. Er sah damals so gut aus, und wir hatten noch nie zuvor einen jungen Mann gesehen. Wir kannten nur Vater, Vaters Bruder und Apostel-Per. Wir lagen jeden Tag auf der Lauer und warteten auf Rusk. Manchmal schrieben wir uns gegenseitig Briefe, um sicher zu gehen, dass er auch bis zu unserem Haus kam. Wir lächelten ihn an, aber ich glaube, Mira konnte am besten lächeln.«

Jetzt flüstert Sofie.

»Es war Mira, die Rusk küsste. Sie lief ihm eines Tages einfach nach und drückte ihren Mund auf seinen. Rusk blieb abrupt stehen und sah aus, als wüsste er nicht, was er machen sollte. Vater und Mutter waren sauer und gaben Mira etwas hinter die Ohren, aber das änderte auch nichts. Mira und ich hatten uns immer alles erzählt. Welche Männer aus den Illustrierten uns am besten gefielen, es waren selbstverständlich immer welche aus Königsfamilien. Aber Rusk war der erste Mann, bei dem wir uns Hoffnung machen konnten, ihn zu berühren.

Als Apostel-Per verschwand, zog Mira in die Stadt und wohnte bei Rusk im Postamt. Ich weiß nicht, wie lange es hielt, aber ich hörte, dass sie Rusk später davonlief und in die Großstadt zog; soweit ich weiß, kommst du auch da her. Sie hat mir niemals geschrieben, ich habe ihr auch nicht geschrieben. Ich denke, sie müsste den Anfang machen.«

Sofie seufzt tief und lehnt sich zu Kaspar hinüber.

»Ich verzeihe ihr nie. Wer kann einer Schwester verzeihen, mit der man Sehnen und Blutgefäße geteilt hat? Einer, die man während seiner ganzen Kindheit angestarrt hat, der einzigen Freundin? Ich glaubte auch, dass Mira dachte, dass unsere Liebe am wichtigsten sei. Wie konnte sie so nachlässig sein, vielleicht war sie wirklich böse?«

An Miras Stelle wäre ich auch fortgegangen, denkt Kaspar. Die Siedlung ist eng, und es war gewiss notwendig, dass eine von beiden aufbrach. Aber das kann er Sofie nicht sagen, wenn sie so daliegt und schluchzt.

»Aber wieso hast du nicht Rusk genommen, als Mira fortgegangen ist?«

»Die Liebe ist kein Kompromiss«, schluchzt sie, »Rusk sah zuerst Mira, und jetzt geht er mit Lærke. Das sei ihm gestattet, wenn sie es ist, die er liebt.«

Sofie trocknet sich die Augen und setzt sich auf.

»Rusk wird eines Tages verschwinden«, sagt sie, »und du wirst der neue Postbote. Da gibt es etwas, was du wissen sollst, es ist streng vertraulich und der Grund dafür, dass deine Stellung lebensgefährlich ist. Aber Rusk hat dir ja bestimmt davon erzählt.«

Sie blickt sich in dem halbdunklen Zimmer um, Kaspars Körper leuchtet wie Mondschein.

»Es ist ein Geheimnis gewesen, solange unser Land existiert. Das weiße Schloss ist der Zufluchtsort des Königs. Er kommt hierher, wenn er alleine sein möchte. Hier in der Siedlung glotzt ihn keiner an. Wir haben strenge Anweisung, wegzuschauen, wenn er kommt. Ich mache sauber und koche für ihn, habe aber sein Gesicht bis jetzt nur in Illustrierten gesehen. Falls du Post für Seine Majestät hast, darfst du sie nicht bei mir abliefern, sondern musst direkt zu ihm hinaufgehen. Du erkennst einen Brief an den König daran, dass kein Empfänger darauf steht. Er hat nur ein rotes Lacksiegel, das die Sonne darstellt. Aber das hat Rusk dir bestimmt erzählt.«

Kaspar schüttelt den Kopf.

»Das beunruhigt mich, dann ist er schon gebrechlicher, als ich dachte.«

Sie seufzt.

»Der einzige Mensch, mit dem der König hier in der Siedlung redet, ist Lærke. Dabei wohnt sie am kürzesten hier. Manchmal geht er zu ihr hinunter, sie spielt für ihn.«

»Ich muss jetzt schlafen«, sagt Kaspar.

Sofies Augen sind ganz wach, sie glänzen wie das blaue Meer.

»Eines Tages wirst du einen Namen bekommen wie die anderen Briefträger, die hier gewesen sind. Apostel-Per sah es als Teil seiner Arbeit an zu missionieren. Frimærke-Fritz war immer so nett und klebte noch Briefmarken dazu, wenn man zu wenig frankiert hatte. Poet-Post erfand Gedichte, wenn er über den Fjell ging. Rainar Rusk heißt eigentlich Rainar Andersson, aber Rusk, was Sturm und Regen bedeutet, kommt daher, dass ihm schlechtes Wetter nichts ausmacht. Was, glaubst du, wird dein Name werden?«

Kaspar zuckt mit den Schultern. Plötzlich senkt Sofie ihr Gesicht und küsst ihn mit weichen Lippen. Kaspar berührt ihren Arm, auch der ist weich. Erschrocken steht er vom Bett auf, Sofie blinzelt mit den Augen, er schaut auf die Tapete hinter ihr. Es ist eine merkwürdige Tapete, überall an der Wand sind kleine Gesichter aufgeklebt.

Kaspar kommt sicher die Treppe hinunter, zieht die Unterhose aus und kuschelt sich ins Bett. Sein Herz klopft, aber er schläft ein und weiß nicht, was er träumt.

Draußen ist ein Brummen zu hören, Kaspar zieht die Gardine zur Seite, ein großer, silberglänzender Helikopter landet zwischen den Häusern. Er geht hinaus in den Regen, der wie Schnüre vom Himmel fällt. Sofie ist schon auf dem Weg zum Helikopter, der Wolfspelz flattert im Wind. Als der Rotor zum Stillstand kommt, öffnet sich die Tür, und drei Regenschirme werden herausgestreckt. Kurz darauf erscheinen die Japaner selbst, sie laufen zu Sofie, die Schirme werden vom Wind hochgeklappt, die Männer verbeugen sich und reden pausenlos. Sofie geht zurück in ihr Haus, und die Japaner folgen ihr wie miauende Katzen. Sofie bittet Kaspar, dem Mitarbeiter beim Schlachten zu helfen. Seine Frau ist erkältet.

Es ist absolut falsch, bei dieser Art von Arbeit die Postuniform zu tragen, aber es ist nun mal die einzige Jacke, die Kaspar dabei hat. Lærke und der Mitarbeiter stehen beim Stall und warten. Sie trägt ein schwarzes Kleid und einen Hut mit Schleier.

»Musst du jetzt spielen?«, fragt Kaspar lächelnd.

Sie nickt kurz und blickt ihn böse an. Ihr Gesicht glänzt vom Regen. Der Mitarbeiter saugt an seinem Zeigefinger und hält ihn hoch in die Luft.

»Die Schafe haben einen scharfen Geruchsinn«, sagt er, »wenn sie Blut riechen, geraten sie in Panik, und die Fleischqualität sinkt. Ich glaube, es ist am besten, wenn wir auf die westliche Seite des Stalles umziehen.«

Der Mitarbeiter wetzt das große Schlachtermesser, und Lærke stimmt die Flöte. In die Löcher läuft Wasser hinein, das unten am Ende heraustropft. Dann kommt Sofie gelaufen.

»Sie wollen die Nummer 4311 haben«, ruft sie.

»Also: *Das Meer verdunkelt sich/Die Möwe schreit/Werde bleich*«, sagt der Mitarbeiter.

Sie nickt.

»Das ist aber auch ein schönes Schaf.«

»Ihr müsst euch beeilen«, sagt Sofie, »es frischt auf, und bald kann der Helikopter nicht mehr abheben. Ich kann die Japaner nicht hier übernachten lassen.«

Der Mitarbeiter lockt das Schaf aus dem Stall, und es springt glücklich hinter ihm her. Lærke stimmt das traurigste Musikstück an, das Kaspar jemals gehört hat, und der Mitarbeiter schaut sie irritiert an, während er das Schaf massiert und ihm mit dem Messer über die Kehle streicht.

»Spiel etwas Fröhliches«, zischt er.

Lærke spielt einen Marsch.

»Musst du alles zunichte machen? Du weißt genau, dass es das Thema von Elvira Madigan mag.«

Lærke streckt die Zunge heraus und pfeift in die Flöte, dass das Regenwasser nur so spritzt.

»Was glaubst du eigentlich, wofür du dein Geld bekommst?«

Lærke stampft auf den Boden.

»Halt den Eimer«, sagt der Mitarbeiter zu Kaspar.

»Du weißt genau, dass in meinem Vertrag nie etwas davon gestanden hat, dass ich beim Schlachten spielen muss«, sagt Lærke.

Der Mitarbeiter brummt und massiert das Schaf noch einmal. Es schnaubt ruhig, so als wäre es eingeschlafen. Lærke läuft nach Hause.

»Sing, Kaspar«, sagt der Mitarbeiter und stimmt einen Osterchoral an.

Kaspar stimmt ein. Es ist der Psalm von dem Lamm, das ein Kreuz trägt. Das Schaf hält den Kopf schräg und schaut in den Himmel. Als sich die Wolken in den Pupillen spiegeln, sticht der Mitarbeiter zu, und alles, was Kaspar erkennen kann, ist ein kurzes Erstaunen in seinem Blick. Das Blut platscht schwer in den Eimer, der Dampf sammelt sich zu einer Wolke, die hinaufsteigt und aus dem Tal schwebt. Die Augen des Schafes werden trübe wie Kerzenwachs, das erstarrt. Es entsteht eine Stille zwischen Himmel und Erde, die Kaspar zuvor noch nie erlebt hat. Es summt ein kleines bisschen, und er weiß, dass die Luft, die das Schaf ausatmete, dieselbe ist, die er jetzt einatmet.

Der Mitarbeiter zieht das Fell ab und legt das nackte Schaf auf einen Schubkarren. Weiße Wolken treiben vor Kaspars Gesicht, und das nächste, an das er sich erinnert, ist, dass er auf dem matschigen Boden liegt und der Mitarbeiter sich über ihn beugt.

»Es geht noch nicht so gut mit meinem Bein«, sagt er, während der Mitarbeiter ihn hochhievt, »es fällt mir immer noch schwer, mich darauf zu stützen.«

Sie gehen langsam zu Sofie hinüber, wobei er versucht, nicht zu den schwarzen Beinen des Schafes zu gucken, die aus dem Schubkarren ragen. Die Japaner kommen aus dem Haus, sie kichern und verbeugen sich auf dem ganzen Weg bis zum Helikopter. Der Mitarbeiter trägt das Schaf hinein, und Sofie reicht den Japanern Geschenke. Sie verbeugen sich wieder und bedanken sich, bis sie Tränen in den Augen haben. Der Helikopter hebt ab.

»Sie bekommen immer etwas für das Merchandising mit«, sagt Sofie, »ein Paar Fausthandschuhe und einige Strümpfe, die ich aus der Wolle des betreffenden Schafes gestrickt habe. Das tragen die Japaner dann, während sie das Fleisch essen.«

Kaspar starrt dem Helikopter nach, der oben in den Wolken verschwindet wie ein Insekt.

»Wie hat es mit Lærke geklappt?«, fragt Sofie.

»Ich glaube nicht, dass sie es mag, beim Schlachten zu spielen«, sagt Kaspar.

»Geh und rede mit ihr, wir haben es schon so oft probiert. Es ist fast so wie mit den Japanern. Sie lieben das Fleisch, haben aber keine Lust, die Drecksarbeit zu erledigen. Sie essen mit Stäbchen, weil sie nicht gerne stechen und schneiden.«

Kaspar geht und lehnt sich an Lærkes Tür, sie sitzt drinnen und spielt. Die Töne sind so schön, dass die Berge zusammenschrumpfen. Kaspar klatscht laut und rhythmisch, als das Stück beendet ist. Sie knallt ihm die Tür direkt an den Kopf, er fällt um, liegt in der Türöffnung und stiert unter ihr Kleid. Lærke bläst wütend in die Flöte, während sie ihn tritt. Kaspar kann nur ihr Spitzenhöschen sehen. Sie setzt sich auf seine Brust, zerkratzt ihm das Gesicht, schlägt ihn und schreit in seine Ohren. Kaspar lässt sich wortlos von ihr verprügeln. Der zierliche Körper hüpft auf seinem Bauch auf und ab. Er spürt nichts mehr und verliert das Bewusstsein.

Als Kaspar wieder zu sich kommt, liegt er auf ihrer grünen Plüschcouch. Das Zimmer ist voll mit Spiegeln und Theaterplakaten. In der Ecke steht ein Schminktisch mit viel Parfüm und Make-up, an den Wänden befinden sich mehrere Schränke, die sich unter Ballkleidern, Pelzen und Federboas biegen, und entlang der Wände ist oben unter der Decke eine Hutablage angebracht. Sie selbst sitzt da in einem lila Samtmantel und feilt sich die Nägel.

»Warum darf ich nicht klatschen?«

Sie kommt fauchend heran, als wolle sie sich wieder über ihn werfen, zögert aber dann. Auf Kaspars Sachen ist Blut.

»Du liest nicht viele Illustrierte?«

»Ich lese so etwas nicht«, sagt Kaspar.

»Ansonsten ist die Geschichte bekannt.«

Kaspar hat noch nie jemanden, der in einer Illustrierten abgebildet ist, in Wirklichkeit gesehen. Es fühlt sich plötzlich sonderbar an, so nahe bei ihr zu sein. Er zittert, starrt in Lærkes Gesicht und versucht, sie wiederzuerkennen.

»Ich bin auf Tournee gewesen und habe an Hunderten von Orten gespielt.«

»Meine Mutter geht oft ins Konzert, sie wohnt direkt hinter dem Konzertsaal«, sagt Kaspar, »einmal hat sie mich mitgeschleppt. Das war das einzige Mal, dass ich bei so etwas gewesen bin.«

Kaspar hat sich nie für große Veranstaltungen begeistern können. Hunderte von Menschen, die gleichzeitig glotzen, und wenn das Licht ausgeht, wird es nicht besser. Dann leuchtet sein Gesicht, und die Leute rücken weg. Sie sitzen am liebsten im Stockfinstern.

Es ist etwas an Lærkes blassem Gesicht, dem geraden Rücken und der Stupsnase, was ihn nachdenklich macht. Langsam erwacht ein Bild in Kaspars Kopf.

»O ja, vielleicht kann ich mich doch an dich erinnern. Bei dem Konzert war ein ganz junges Mädchen, das Flöte spielen sollte. Mutter hatte schon wochenlang von ihr geredet, und was es für ein Glück sei, dass sie zwei Karten erstanden habe. Aber während der Veranstaltung fiel das Mädchen plötzlich in Ohnmacht, und das Konzert wurde abgebrochen.«

»Ja, das war ich«, flüstert Lærke und bekommt Tränen in die Augen.

Jetzt liegt Kaspar nur auf dem Diwan und wartet. Das Zimmer ist dunkel, das ist schön. Er deckt sein Gesicht mit einem Kissen zu und tut so, als wäre er nicht da. Genauso macht er es bei seinen Freunden, wenn er sie dazu bringen will, die Wahrheit zu erzählen. Kaspar atmet ruhig, auch wenn es überall wehtut.

Es ist hilfreich, dass er Postbote ist. Laerke kann ihm deshalb vertrauen.

»Ein Postbote ist wie ein versiegelter Brief«, sagt Kaspar.

»Dann erzähle ich dir die Geschichte«, sagt sie, »auch das, was nicht in den Zeitungen stand.«

Sie steckt die Hand unter ihren lila Mantel, rückt die Träger des Unterkleides zurecht und zwirbelt mit den Fingern die Korkenzieherlocken.

»Ich fing wie die anderen in der Schule an, Blockflöte zu spielen. Es hörte sich schrecklich an, es war niemand da, der etwas davon verstand. Nach der Schulzeit setzte ich mich auf die Fensterbank und spielte. Ich genoss meine reinen Töne, und wenn das Wetter gut war, öffnete ich das Fenster und spielte. An einem Frühlingstag antwortete ein Vogel, und fünf magische Minuten lang spielten wir im Duett. An diesem Tag beschloss ich, Flötistin zu werden. Wenn ich auf dem Weg von der Schule nach Hause am

Konzertsaal der Stadt vorbeikam, träumte ich davon, eines Tages so weit zu sein, um da drinnen zu stehen.

Mein Musiklehrer war der Meinung, ich sollte stattdessen Klavier spielen, aber meine Eltern fanden die Flöte am besten, *die kannst du überall mit hinnehmen*, sagten sie. Es war meine Flöte, sie hatte meine Zahnabdrücke im Mundstück. Trotzdem war ich damit einverstanden, sie gegen eine Querflöte einzutauschen, als ich eine neue Lehrerin bekam. Sie saß immer dicht neben mir und lauschte, denn sie hörte nicht so gut. Sie hatte ein kleines Taschentuch, um sich die Wangen zu trocknen, wenn meine Flöte spritzte. Damals sabberte ich viel in das Instrument hinein.

Ich trat in Schülerkonzerten auf und nahm an Wettbewerben teil, und dann meinten meine Eltern, dass es nun genug sei. Sie wollten ja nur, dass ich ein nettes Hobby hätte. Mutter züchtete Orchideen, und Vater machte Holzschnitzereien. Ich hörte nicht darauf und spielte weiter. In der Tat war ich öfter bei meiner Lehrerin, als meine Eltern annahmen. Sie gab mir Gratisstunden, weil ich so talentiert war.«

Lærke sitzt einen Moment lang da und stiert vor sich hin. Sie zieht den Mantel enger um den Körper.

»Zu diesem Zeitpunkt entfremdeten sich meine Eltern von mir und wurden zu einem undurchdringlichen Nebel. Ich liebte das grelle Scheinwerferlicht, badete darin und strahlte. Ich bekam einen neuen Lehrer, der meine Technik korrigierte, und ich bewunderte ihn so sehr, dass ich zitterte. Er sagte, es wäre nicht genug, wenn ich zehn Stunden am Tag üben würde. Im selben Jahr wurde ich am Konservatorium angenommen. Ich hab mich dort nicht viel um die anderen geschert, denn zu diesem Zeitpunkt gab ich schon hundert Konzerte im Jahr.«

Lærke sieht sich im Zimmer um. Obwohl die Fensterläden geschlossen sind, scheint etwas Licht durch die schmalen Schlitze. Die Fensterläden sehen aus wie schwarze Vierecke, die in der Luft schweben.

»Es begann an einem Tag, als ich sehr müde war. Ich hatte den ganzen Vormittag lang eine neue Atemtechnik trainiert, und am selben Abend sollte ich zum ersten Mal in dem Konzertsaal auftreten, wovon ich schon als kleines Kind geträumt hatte. Der Saal war proppenvoll, es war mitten im Sommer und sehr warm. Ich habe immer das ferne Summen von gedämpftem Husten geliebt, das Rascheln von Bonbonpapier und Leute, die mit ihren Stühlen hin- und herrücken. Aber an dem Tag änderte sich das Scheinwerferlicht. Es war, als hätte sich die Decke geöffnet und als würde eine sonderbare bleiche Sonne hereingleiten. Sie brannte wie weißglühende Kohle und stach wie Messer in die Augen. Dann passierte es. Ich wurde ohnmächtig, Kaspar, ich versuchte, tief in den Bauch zu atmen, so wie ich es gelernt hatte, aber ich wurde ohnmächtig. Ich kam draußen in den Kulissen wieder zu mir, wo fremde Hände mein Kleid lockerten und jemand mir ein Glas Wasser reichte. Ich sagte, ich wolle wieder hinein und weiterspielen. Sie versuchten, mich zu überreden, es nicht zu tun, aber ich stand auf. Das Scheinwerferlicht brannte herab, und ich wurde schon mit Beifall bedacht, bevor ich auch nur einen einzigen Ton gespielt hatte. Ich atmete tief ein, wusste aber, dass ich niemals alle vier Sätze durchstehen würde. Ich starrte auf das laufende grüne Männchen des Notausgang-Schildes, und zu Beginn des dritten Satzes knickten meine Beine weg, die kostbare Flöte kullerte auf den Boden, die Leute standen auf und klatschten Beifall, als ich hinausgetragen wurde.

Irgendwie gelang es mir, hinauszukriechen und die Blumen zu holen, ich habe überhaupt nichts vollbracht, aber sie klatschten trotzdem. Ich verstand nichts.«

»Es gab was in den Nachrichten darüber am selben Abend«, sagt Kaspar, »und am nächsten Tag spielten die Mädchen unten im Garten etwas, das sie *die ohnmächtige Flötenspielerin* nannten. Eine stellte sich oben auf eine Bank und ließ sich mit geschlossenen Augen nach vorne fallen. Für die anderen galt es, beim Auffangen die Erste zu sein.«

»Ja, das war sicher sehr lustig«, murmelt Lærke, beißt die Zähne zusammen und schaut weg.

»Ich sagte die nächsten paar Konzerte ab, aber als ich zurückkam, war alles verändert. Ich konnte es nicht mehr aushalten, daran zu denken, dass die Menschen klatschen würden. Dass sie klatschen würden, wenn ich hinein- oder hinausging, wenn ich Blumen bekäme oder wenn ich ohnmächtig würde. Wie sollte ich wissen, ob sie meine Musik überhaupt mochten? Ich bat den Dirigenten darum, dem Publikum zu sagen, dass sie es sein lassen sollten. Er war sehr verständnisvoll und sagte den Leuten, dass sie nur sitzen bleiben und etwas lächeln sollten, wenn sie die Musik mochten. Aber das Publikum klatschte trotzdem, weil sie dachten, der Dirigent könne mich nicht leiden.

Als ich später in der Solistengarderobe saß und mich abschminkte, wurde mir klar, dass nichts zu machen war. Die Leute klatschten wie ferngesteuert. Sie konnten die Stille nach einem Musikstück, das ihre Gefühle geweckt hatte, nicht ertragen. Sie waren so verletzlich wie Babys und so unreif wie Teenager. Ich brachte ihnen mein Herz entgegen, wenn ich auf der Bühne stand, aber sie waren nicht in der Lage, dasselbe zu tun. Es würde nie eine gleichwertige Beziehung zwischen uns bestehen.«

Lærke holt ein Glas Wasser, sie sieht nervös zu Kaspar, der die Augen vor ihrem Blick verschließt. So ist es am besten.

»Ich verschwand, wenn ich auf der Bühne stand«, flüstert sie, »zuerst wurde ich langsam vom Feuer der Scheinwerfer gegrillt und danach vom Publikum gefressen. Ich ging zu einem Psychologen, der vorschlug, dass ich mir das Publikum nackt vorstellen solle. Dann stand ich da, mit der Flöte im Mund, und dachte, dass das Publikum ein hellroter, schwabbelnder Fleischklumpen sei. Das half etwas, aber meine Fantasie schweifte wild umher. Es war immer eine Tradition gewesen, dass einige der treuesten Fans die Erlaubnis erhielten, hinterher in die Garderobe zu kommen, wenn sie Rosen dabeihatten. Das war ganz in Ordnung, ich wartete nur mit dem Abschminken und behielt mein Konzertkleid an. Wo wir früher über Musik diskutiert hatten, fiel ich nun über sie her. Ich hatte Sex mit Männern und Frauen. Wir sprachen nie darüber, aber es machte das Ganze ein bisschen leichter. Wenn ich mir auf der Bühne sowieso schon eine Blöße gab, konnte ich genauso gut den ganzen Weg gehen.«

Lærke sieht zu Kaspar, er nimmt das Kissen vom Gesicht.

»Ich hatte meine alte Flötenlehrerin angestellt, damit sie sich um die Kleider, das Make-up und die Termine kümmerte. Als ich aber eines Abends wieder einmal in Ohnmacht fiel, klammerte ich mich an sie, bohrte meine Fingernägel tief in ihre Hände und weinte. Sie verzog keine Miene, obwohl sie blutete, sagte aber, dass ich nun eine andere Arbeit finden müsse. Dann nahm sie ihre Sachen und ging.

An diesem Abend packte ich meine Kleider, den Schmuck, die Flöte und die Noten und bestellte mir ein Taxi. Ich fuhr die ganze Nacht durch die Stadt, bis ich beschloss, hoch in die Berge zu fahren, wo meine Eltern eine Hütte besaßen. Wie damals, als ich Kind war, lag der Schlüssel unter der Traufe.«

Lærke atmet erleichtert.

»Am frühen Morgen lag ich ganz alleine im hohen Gras auf der Alm und hörte dem Summen der Bienen zu. Ich verbrauchte nach und nach die Konserven, die Vater und Mutter gelagert hatten, machte lange Touren auf dem Fjell und balancierte auf dem Rand tiefer Felsspalten. Ich wusste, dass mein Bild in allen Illustrierten war, aber hier konnte mich keiner finden. Der Postbote, der mit Reklame und Lokalzeitungen vorbeikam, war der Einzige, den ich während der drei Monate sah. Und er konnte seinen Mund halten.

Bei der Hütte liefen einige Kühe herum, ich reichte ihnen Gras, und sie nahmen es, obwohl auf ihrer Seite des Zauns ebenso feines Gras wuchs. Als ich auf die Idee kam, für die Kühe zu spielen, fand ich meine Lust am Flötespielen wieder. Sie klatschten nicht, sondern hoben nur die Köpfe, wenn ich Glück hatte.«

Kaspar lächelt Lærke an, sie lachen beide, obwohl sein Kiefer schmerzt.

»Als es richtig Sommer wurde, rief ich bei der nächstgelegenen Kirche an und fragte den Pfarrer, ob er eine Flötistin gebrauchen könne. Als er meinen Namen hörte und den Betrag, den ich dafür haben wollte, war er sofort einverstanden und versprach, niemandem zu erzählen, wer ich war. Obwohl es nur in einer Kirche war, spielte ich so schön, wie ich konnte. Die Gemeinde drehte sich um und vergaß Gott und die Welt. Sie klatschten, obwohl man in der Kirche nicht klatscht. Voller Panik versuchte ich, mir die Gemeinde nackt vorzustellen, und danach hatte ich Sex mit dem Pfarrer, der mit der Küsterin verheiratet war.«

Kaspar lacht, aber Lærke ist sauer und fährt fort:

»Und dann hörte ich hier von der Stellung. Schafe sind aufmerksamer als Kühe, die können auch hören, wenn ich falsch spiele, deshalb muss ich üben, bevor ich zu ihnen gehe. Leider mögen sie am liebsten Mozart und Vivaldi. Ich liebe Strawinsky und Messiaen, sie stellen eine größere Herausforderung dar. Hier in die Siedlung kommen keine Touristen, die mein Gesicht wiedererkennen, und das Beste ist, dass ich mich verliebt habe.«

Sie lächelt Kaspar lange an, er errötet bis über beide Ohren. Kaspar liebt ihre kleine, gekrümmte Gestalt, das lange braune Haar, das an den Spitzen ausgefranst ist, die sinnlichen Bewegungen der Finger, wenn sie erzählt. Unter ihrer Robe muss sie wirklich schön sein. Lærke sitzt einfach nur da und starrt in die Luft. Wartet sie auf ihn? Kaspar humpelt zu ihr, setzt sich auf die Armlehne des Stuhls und versucht, sie zu umarmen. Aber er kann nur »Auf Wiedersehen« sagen.

»Du glaubst bestimmt, dass es Rusk ist«, sagt sie.

»Ja«, flüstert Kaspar.

»Für wen hältst du mich?«, lacht sie, »ich habe ein paar Mal bei Rusk geschlafen. Manchmal kann ich nur schwer einschlafen, und er hat gesagt, dass ich immer zu ihm kommen kann, wenn ich in den Arm genommen werden möchte. Aber jetzt ist Schluss, er hat mein Vertrauen missbraucht. In der Silvesternacht fing er an, meine Brüste zu betatschen und mich zwischen den Beinen zu berühren. Wir haben die ganze Nacht zusammengesessen und Champagner getrunken und hatten so viel Spaß. Rusk war sehr betrunken, ich hatte ihn noch nie zuvor so gesehen. Plötzlich war er auf mir, ich stieß ihm meinen Ellenbogen in den Bauch und lief weg. Aber ich vermisste ihn und beschloss, ihm zu verzeihen. Aber er tat es wieder, nachdem ihr mich im Schneesturm gefunden habt. Ich war sonst so froh, nackt in seinen Armen zu liegen, aber jetzt ist Schluss damit.«

Kaspar lacht Lærke an und umarmt sie vorsichtig.

»Gibt es da nicht noch einiges mehr, was du mir erzählen willst?«, fragt er.

»Nein«, sagt sie, befreit sich und geht zur Tür und öffnet sie.

Kaspar setzt den Fuß in die Tür und berührt ihren Arm.

»Es ist der König, in den ich verliebt bin«, sagt Lærke, »wir sind so gut wie verlobt, aber das ist ein Geheimnis.«

»Der König!«, sagt Kaspar, »wenn ihr heiratet, werden die Leute dich beklatschen, sobald du nur auf einen Balkon hinaustrittst.«

»Eines Tages werde ich wieder stark sein«, sagt sie, »es wäre bestimmt auch nicht richtig, wenn ich irgendwen heiraten würde. Ich bin eine sehr tüchtige Musikerin.«

Sie lacht, streckt etwas die Brust vor und sagt:

»Der König ist die Sonne. Es heißt, dass alle Könige von der Sonne abstammen, weißt du das?«

Sie lächelt.

»Können wir keine Freunde sein?«, sagt sie und reicht Kaspar die Hand.

Er schüttelt den Kopf.

»Ich kann doch nicht für den Rest meines Lebens für Schafe spielen«, sagt sie und streckt die Zunge ein kleines bisschen heraus.

Kaspar reicht ihr seine Hand, es ist ein Streifen von getrocknetem Blut darauf. Er weiß nicht, ob es seines oder das des Lamms ist.

»Lebe wohl«, sagt er.

Auch der Sonnenuntergang ist rot, er blickt zurück und sieht zu Lærke, die in der Tür stehen geblieben ist.

»Schau«, ruft sie und zeigt begeistert zum Pferch hin.

Einige Schafe sind aus dem Stall entkommen und haben sich auf die Erde gelegt.

»Die Schafe liegen da und haben die Beine von sich gestreckt!«

Noch weiß Kaspar nicht, dass dies bedeutet, dass das Frühjahr nahe ist.

Sofie wartet im Wohnzimmer. Sie trägt einen blauen Seidenkimono, steht schnell auf und schenkt Wein ein.

»Hast du mit ihr geredet?«

»Nein.«

»Iss«, sagt sie, »du sollst frisches Stradivariusfleisch probieren.«

Sie reicht Kaspar die Platte.

»Nein, danke«, sagt er.

»Es schmeckt gut«, sagt sie.

Kaspar steht auf und geht ins Bett. Draußen vor dem Fenster ist ein anderes Summen zu hören als sonst. Der Wind hat sich gedreht und bringt Düfte mit sich. Kaspar schließt die Augen und denkt an Lærke. In den Träumen geht er weit, während der Regen strömt und plätschert. Er liegt zwischen Lærkes Beinen, sie ist nackt, und das fremde Gesicht erscheint mitten auf ihrem Bauch. Aber er wischt es mit der Hand fort, es löst sich auf und wird zu einer Wolke, die in der Welt verschwindet. Etwas drängt sich nach oben. Es raschelt heftig zwischen den Wänden, als ob sich die Mäuse hier drinnen verzehnfacht hätten. Eine Tür klappert, es duftet nach sprießenden Keimen. Das Haus knackt im Gebälk wie Spanten auf einem Schiff, das das offene Meer erreicht hat.

Die restliche Nacht hat Kaspar herrliche Träume. Vielleicht weil es kühler geworden ist, vielleicht weil er Sofie von seinem Traum erzählt hat.

Kaspar erwacht, frisch wie ein Fisch, setzt sich im Bett auf und öffnet das Fenster. Kalte Schmelzwasserluft strömt herein, und er bekommt an beiden Armen Gänsehaut. Das Gras ist über Nacht grün geworden, der Schnee der Berge schmilzt und läuft in langen Bächen in Richtung Siedlung hinunter. Er versucht, das Fenster wieder zu schließen, aber es will einfach nicht mehr in den Rahmen passen.

Im Zimmer herrscht heftiger Durchzug – so als ob die Wolken hereingestürzt wären. Fenster und Türen stehen offen, während Sofie herumläuft und versucht, sie zu schließen. Kaspar läuft barfuß im Zimmer herum und sieht, dass sich die Muster in dem geschnitzten Fußboden nach und nach verändern, je nachdem wie sich das Holz zusammenzieht. Draußen fliegen die Vögel mit Nistmaterial umher.

Sofie setzt sich an den Frühstückstisch, behält aber den Pelz an. Kaspar schaudert es vor Kälte in seiner Uniform.

»In den Bergen kommt das Frühjahr plötzlich«, sagt Sofie, »in der Nacht habe ich Steinschlag gehört. Das Schmelzwasser führt dicke Felsblöcke mit sich.«

Sie essen im offenen Zimmer, die Servietten flattern im Wind.

»Heute gehe ich zurück«, sagt Kaspar.

»Aber du kommst jeden Tag wieder«, lächelt sie.

Als sie gegessen haben, räumt Sofie schnell den Tisch ab und erwärmt einen Topf mit Wachs, das sie sich auf die Oberlippe streicht. Mit einer schnellen Bewegung reißt sie sich den kleinen Schnurrbart aus.

»Heute werden die Schafe freigelassen«, sagt sie, »das ist immer so am letzten Tag vor Ostern.«

Kaspar putzt die Stiefel, schmiert sich Sonnencreme ins Gesicht, kämmt sich, setzt Hut und Sonnenbrille auf. Er betrachtet sich im Spiegel, lächelt keck und denkt, dass er eigentlich ganz gut aussieht.

Das Frühjahr duftet intensiv, Keimlinge pieksen von unten gegen die Stiefel, und das Gras auf Sofies Dach streckt sich dem Himmel entgegen. Tausende und Abertausende von Samen öffnen sich mit einem Knall. Sofie und Kaspar müssen große Schritte über lange Bachläufe machen, die Füße bleiben stecken, und sie ziehen sie heraus, dass es quatscht. Die Farbe des Himmels hat sich verändert, die Wolken sind nicht länger schneidend winterweiß, sondern leichte rauchfarbene Kleckse, die munter davonziehen. Die Sonne leuchtet grell hinter den Wolken, und einen Augenblick berührt sie Kaspars Rücken wie die Schneide eines Schwertes.

Am Pferch stehen der Mitarbeiter, seine Frau und Lærke bereit. Lærke trägt ein hellrotes Kleid im Stil einer Schäferin. Die kleinen Schuhe stecken im Schlamm fest, keiner außer Lærke könnte dies ertragen. Sie setzt die Flöte an die Lippen, spielt ein fröhliches Menuett und schickt Kaspar ein Lächeln, das ihn bis in die Zehen erwärmt.

Sofie öffnet jetzt den Pferch. Die Schafe trippeln schon

lange ungeduldig herum, einen Augenblick lang laufen sie unschlüssig bei der Pforte herum, so als verstünden sie nicht richtig, dass sie frei sind. Lærke setzt die Melodie ein paar Töne höher, und dann passiert es: Die schwarzen Wollflocken rennen hinaus aus dem Pferch, laufen ein paar Mal um die Häuser und blöken, dass man sich die Ohren zuhalten muss. Lærke spielt einige Triller, die die Schafe zu Sprüngen veranlassen, so als wären sie noch Lämmer. Der Mitarbeiter lacht, dass ihm die Tränen kommen. Die Schafe laufen hinauf in die Berge, und schon bald stehen sie weit weg an den Hängen und fressen Gras.

Nur das Mutterschaf bleibt im Pferch, Sofie geht hinein und schubst es. Sie gibt Lærke ein Zeichen, dass sie mit der Flöte vorangehen soll. Das hilft. Als das Mutterschaf herauskommt, schnuppert es einen Augenblick in der Luft, so als ob es einen bekannten Geruch wahrnimmt. Es läuft den Hang hinauf, an der Herde vorbei und verschwindet oben im Fjell.

Sofie sieht zu ihrer Schafherde, ringt die Hände und betet darum, dass der lange Zaun halten möge. Danach dreht sie sich zu ihren Leuten um, lacht professionell und dankt ihnen für ein Jahr der guten Zusammenarbeit. Die Schafe können jetzt für das meiste selber sorgen, sowohl für das Fressen als auch für die Bewegung. Für die musikalische Unterhaltung werden wohl meistens die Vögel des Fjells sorgen, und Lærke reduziert das Spielen auf die Hälfte der Zeit. Sofie beschließt ihre Rede mit einer Einladung an alle zu einem kleinen Umtrunk.

Zuhause bindet sich Sofie eine Schürze um und serviert Kanapees. Kaspar wird in den Keller geschickt, um Champagner zu holen, sie reicht ihm eine Taschenlampe und öffnet eine kleine Holzluke im Fußboden. Kaspar geht alleine hinunter in das Dunkel.

Er läuft in aller Ruhe umher und lässt den Lichtschein über Regale mit Töpfen und Konserven gleiten. Von der Decke hängen Kräuter und Würste. In der Mitte des Kellers stehen vier große Kühltruhen. Oben laufen die Gäste auf dem knarrenden Fußboden umher, während die Kälte des Steinfußbodens durch die Strümpfe dringt. In einem Regal liegen zwei Flaschen Champagner, die mit einer Staubschicht bedeckt sind. Kaspar nimmt sie unter den Arm und lässt den Lichtkegel noch einmal durch den Raum gleiten.

Unter der Stelle, wo sich die Haustür und der Stein mit der Einritzung befinden müssen, sitzen einige kaputte Bretter fest vor einem Loch in der Wand. Er leuchtet durch die Bretter hinein. Um einen kleinen vertrockneten Blumenstrauß stehen einige Wachskerzen. Kaspar stellt sich auf die Zehenspitzen, da liegen einige ausgezupfte weiße Wollbüschel, aber es ist kein Lamm zu sehen. Das Grab ist leer. Das tote Lamm hat seine Nische verlassen.

Schaudernd wendet er sich ab und geht rückwärts mit den kalten Flaschen die Treppe hinauf.

Es wird mit Champagner angestoßen, Lærke lacht Kaspar an und steckt die Nase tief in das Blubberwasser. Die Türen und Fenster können immer noch nicht geschlossen werden, und die Leute stehen in ihren Mänteln da, während der Frühlingswind ihre Haare zerzaust.

Als die Gäste gegangen sind und Kaspar lange dagestanden und Lærke nachgewinkt hat, setzt er sich mit Sofie zusammen hin und leert sein Glas.

»Das weiße Lamm, das verschwunden ist«, sagt er, »welches Haiku habt ihr ihm vorgelesen?«

Sofie holt ihre Mappe.
»*Ein gefasstes Herz/Der Leib entblößt im Wetter/Der Wind durchweht mich*«, liest sie.
»Das verstehe ich nicht«, sagt Kaspar.
Sofie reicht Kaspar die Mappe, er schaut auf das Bild des Lammes und wippt mit den Füßen. Nun muss er auch nach Hause.
Rusk kommt zur Tür herein und macht den Fußboden dreckig. Er knüllt die Schirmkappe zusammen und trocknet sich damit das Gesicht ab.
»Heute … ist es sehr warm«, sagt er.
»Rusk, hast du vergessen, dass Ostern ist?«, fragt Sofie, »du hast frei!«
»Wir gehen dann«, sagt Kaspar, nimmt Rusk am Arm und packt Frimærke-Fritzens Skier, die an Sofies Haus gestanden haben, auf den Rücken.
»Auf Wiedersehen«, lacht Sofie, während Kaspar vor dem Spiegel im Flur steht und sich mit Sonnencreme im Gesicht, hinter den Ohren und in den Nasenlöchern einschmiert. Rusk stolpert über die Türschwelle, bleibt einen Augenblick stehen und schaut hinüber zu Lærkes Haus. Er vergießt eine Träne, und Kaspar hält ihn den ganzen Weg zum Fjell hinauf am Arm.

Auf dem Berggipfel befreit sich Rusk, leert den Flachmann und macht eine sehr lange Pause. Dann steht er schnell auf, zeigt hinüber zum Gletscher, liest seinen Kompass ab und schreibt einige Zahlen auf ein Stück Papier. Der Fjell ist nicht wiederzuerkennen, der Schnee ist verschwunden, die lila Blumen sind am Aufblühen, und es duftet angenehm und würzig. Die Schafe liegen mitten in diesen Herrlichkeiten und kauen.

Kaspar ist ein Pilger ohne Ziel und Zuhause. Er hat weder einen Königsmantel noch eine Krone, aber er hat seine rote Uniform mit den glänzenden Knöpfen. Kaspar folgt den Sternen, selbst wenn er sie wegen der Wolken oder des hellen Himmels nicht sehen kann. Er geht den Weg, den Briefträger gehen müssen, und legt auf jeden Steinhaufen einen extra Stein. Keiner soll aus Versehen auf die Pfade der Schafe geraten. Die Tiere können am Abgrund entlang laufen, wo kein Mensch die Balance halten kann.

Hinter allen Steinen entspringen Quellen, der Schlamm läuft die Hänge hinunter und macht den Pfad glitschig. Ein Bergrutsch versperrt den Weg, und Kaspar denkt, dass eines Tages die nasse Spur des Regens alles zerstören wird, die Berge werden fortgespült und zu flachen Wiesen werden. Es wird keine Täler mehr geben, in denen sich jemand verstecken kann.

Er sieht sich nach den Tieren um. Nach einiger Zeit hebt sich etwas von den Konturen des Fjells ab. Ein Hase, ein Lemming und einige Vögel kommen zum Vorschein. Sie sind nicht länger weiß, sondern braun, wie die Felsen und die Erde. Sie hüpfen unruhig umher und halten sich fern.

Rusk findet sich nicht zurecht. Er versucht, über die losen Steine des Bergrutsches zu gehen, weil der Weg darunter verläuft. Kaspar packt ihn schnell und zieht ihn außen vorbei. Rusk geht seitwärts wie eine Krabbe, und seine Augen sind trüb, obwohl er Stielaugen macht. Erst als sie auf den Weg treffen, erinnern sich seine Beine wieder, und der alte Kerl trottet ruhig weiter.

Aus großer Entfernung sieht Kaspar, wo die Sonne durch die Löcher in den Wolken herunterscheint und wie Scheinwerfer auf die grünen Berge leuchtet. Die Scheinwerfer bewegen sich, als würden sie die Gegend absuchen.

Kaspar duckt sich und liegt einen Augenblick in Embryohaltung hinter einem Felsen, als ein Strahl über seinen Körper gleitet. Er versucht auszurechnen, wo ihn das Licht das nächste Mal treffen wird, und passt sein Tempo dementsprechend an. Aber es ist nicht leicht. Er muss sich schnell unter Büsche ducken, seinen weißen Nacken mit seinen behandschuhten Händen schützen und darauf warten, dass das Licht verschwindet. Währenddessen kann er beobachten, wie die lila Blumen, die austreibende Zwergweide und das Schneebärenmoos ihre Blätter und Zweige wie sich vortastende Arme dem Licht zuwenden. Und dann kann sich Kaspar ebenfalls nicht länger beherrschen. Im Schutz der Sonnenbrille schaut er in den Lichtkegel. Im Gemisch des Fjells aus Dunst und Wolken werden die Strahlen zu dicken Wasserfällen aus Gold. Kaspar ist völlig unvorbereitet, als ihn ein Strahl rücklings trifft und er nicht mehr rechtzeitig die Augen schließen kann. Einen Moment lang tanzen weiße Engelsgestalten vor der Netzhaut. Die leuchtenden Wesen lachen und strecken die Arme aus, bis eine bleifarbene Regenwolke davorgleitet und sie hinaus in die Kulissen geschubst werden. Kaspar blinzelt mit den Augen und geht schnell weiter, um Rusk einzuholen. Es sieht so aus, als folgten die Tiere unbemerkt.

Beim Abstieg vom Fjell liegt das Mutterschaf zwischen einigen Felsen und kaut Gras. Unter seiner schwarzen Wolle erblickt Kaspar etwas Weißes, das hervorschaut, er schubst das Schaf mit dem Fuß zur Seite. Es blökt laut, während er in Knochen und weißem Fell wühlt. Es sind die Reste von einem kleinen Lamm.

»Warum hast du nicht richtig auf Lærkes Lamm aufgepasst? Was wird sie bloß denken?«, sagt Kaspar entrüstet.

Aber Rusk zuckt nur mit den Schultern und geht weiter.

Kaspar wird wild, stampft auf den Boden und ruft, dass er sich verdammt noch mal zusammennehmen, sich gerade halten und beim Erinnern etwas Mühe geben solle.

Kaspar dreht sich um sich selbst. Erschreckt erheben sich die Tiere mit ihren Flügeln oder nehmen die Beine in die Hand und verschwinden höher auf den Fjell, während sie mit gelben Augen blinzeln. Nur der Wind ist wieder zurück und raschelt im Gras. Schluchzend und voller Scham bedeckt Kaspar das Lamm mit Moos und Blumen, während das Mutterschaf in sein Hosenbein beißt. Er hasst sich selbst und schlägt sich an die Stirn. Das war das Mindeste, was ich für Lærke hätte tun können, denkt er, ich hätte Rusk ordentliche Instruktionen geben müssen, ich hätte sie warnen können.

Rusk steht unten an der Pforte und fummelt am Schloss herum. Kaspar schubst ihn zur Seite und gibt den Code ein. Der Postmeister sieht ihn an und schreit.

»Du kennst den Code nicht, ich kenne ihn, ich, ICH!«

Es ist gefährlich, mit Rusk im Auto zu fahren, aber einem Mann das Lenkrad aus der Hand zu nehmen, bedeutet so viel wie ihn zu kastrieren. Stattdessen hält Kaspar unauffällig die Handbremse fest und muss sie schnell anziehen, als das Auto an die Steine am Rand des Abgrunds schrammt.

Auf dem Weg nach oben in die Wohnung leert Kaspar den Briefkasten. Es ist ein Brief von einem alten Freund dabei. Kaspar erinnert sich an den Namen, aber nicht mehr an sein Gesicht. Der Freund will wissen, warum er nie schreibt. Kaspar reißt den Brief in Stücke.

Der Zustand der Wohnung ist bedenklich. Schon auf der Treppe nach oben schwappt ihm ein wahnsinniger Gestank entgegen. In der Küche stehen überall Abfallsäcke herum, auf dem Tisch liegt feuchter Trockenfisch, und die Milch steht nicht im Kühlschrank. Aber Kaspar traut kaum seinen Augen, als das Lamm die Tür aufstößt und zu ihm kommt. Das Fell ist so lang geworden, dass es einen Meter über den Boden schleift. Aber das Tier ist weder in der Höhe noch im Umfang gewachsen.

»Ich hab geglaubt, du bist tot«, flüstert er und kratzt sich am Kopf.

Kaspar blickt in das Schlangen- und das Kinderauge des Tieres, umfasst schnell dessen Körper, trägt es in sein Zimmer und krallt sich ins Fell. Unter all der weißen Wolle ist nichts, weder Knochen noch Blut, Fleisch oder Haut. Nur das Fell ist von dieser Welt. Das Zimmer dreht sich, er greift nach einem Küchenstuhl und kann sich gerade noch hinsetzen, bevor er ohnmächtig wird. Nun gibt es zwei Lämmer, oder richtiger drei. Das Lamm, das hier steht und ihn anstarrt, das Lamm unter Sofies Haustürstufe, das sein Grab verlassen hat, und das tote Lamm, das er heute auf dem Fjell gefunden hat. Lærke muss sich geirrt haben, sie hat sicher geglaubt, dass sie das neugeborene Lamm gerettet hat, hat aber stattdessen das Geisterlamm genommen. Das neugeborene Lamm hat sich bestimmt selbst aus dem Pferch gewunden und im Schnee auf dem Fjell den Tod gefunden.

Kaspar erschaudert, lässt das Lamm los, aber es wird ihm schlecht von dem wattigen Geräusch, das entsteht, wenn es seine Wolle über den Fußboden schleift. In der Küchenschublade findet er eine Schere, und mit schweren Bewegungen schneidet er die Wolle ab, drei Zentimeter oberhalb der Haut, die nicht da ist. Wenn man es nicht besser wüsste, könnte man glauben, es handele sich um ein ganz gewöhnliches Lamm. Kaspar seufzt tief, und seine Hände werden ruhig.

Kaspar versucht, den Fußboden in der Wohnung zu putzen, aber Rusk watet durch das Nasse. Sein Gesicht ist blass und versteinert. Kaspar bereitet ein warmes Essen zu, aber der Postmeister steckt sich nur die Fleischklöße in den Mund und läuft weiter umher, während er sich die Finger ableckt. Später geht er auf die Toilette und scheißt bei offener Tür.

Als Kaspar auf dem Weg ins Bett ist, bleibt Rusk plötzlich stehen, blinzelt ihm zu und kramt im Reklamehaufen auf dem Küchentisch, bis er ein geschlossenes Kuvert findet, bestimmt Werbung von einem Buchklub. Rusk stellt den elektrischen Wasserkocher an, und als das Wasser kocht und der Dampf herausströmt, hält er den Umschlag mit seiner Pinzette darüber. Der Umschlag lässt sich öffnen, und Rusk zieht den Brief heraus. Er steht lange da und tut so, als ob er liest, holt Leim und klebt das Kuvert vorsichtig wieder zu.

Rusk schlägt die Hacken zusammen, reicht Kaspar den Brief und verneigt sich. Kaspar untersucht das Kuvert, und sicherlich wird keiner jemals entdecken, dass es geöffnet worden ist. Dann holt Rusk seine Posttasche, tappt unten im Dunkeln herum, als ob er Kaspar etwas zeigen wolle, aber Kaspar schüttelt den Kopf.

»Nein, Rusk, jetzt musst du ins Bett, wir müssen morgen früh aufstehen.«

Rusk stampft auf, fängt an zu weinen, zeigt in das Dunkel der Tasche, wo Kaspar nichts erkennen kann.

»Gute Nacht«, sagt Kaspar.

Dann zeichnet Rusk eine Sonne und eine Krone auf ein Stück Papier.

»Ja, der königliche Stempel«, sagt Kaspar müde.

Rusk nickt überrascht und stellt mit den Händen ein paar Zacken über dem Kopf dar.

»Das bedeutet, dass es ein Brief für den König ist, das hat Sofie mir erzählt.«

»Sofie«, ruft Rusk, »dumm! Ich Postbote, ich, ich, ICH!«

Nun muss Kaspar Rusk ins Bett schleppen. Er ist schlaff wie eine Puppe und weint sich gewiss in den Schlaf.

Kaspar geht in sein Zimmer, zieht die Unterhose aus und nimmt seine Vitamin-D-Tabletten. Man kann gut erkennen, dass er sie lange nicht genommen hat. Die Haut sieht ungesünder und blasser aus als sonst. Das Lamm springt auf und legt sich ans Fußende des Bettes. Er tritt nach ihm, bleibt aber liegen, schmatzt ein bisschen und leuchtet weiß im Dunkeln.

Rusk steht in Uniform an Kaspars Bett und formt Laute mit den Lippen. Kaspar steht auf, beeilt sich, Rusks Trockenfisch einzupacken und dessen Flachmann zu füllen, halb mit Schnaps und halb mit Wasser. Rusk merkt es bestimmt nicht. Die Postmänner gehen hinunter, um zu sortieren.

Hans und Anne-Grethe freuen sich, Kaspar zu sehen. Anne-Grethe schmiegt sich an ihn und flüstert, dass es um Rusk nicht so gut steht.

»Ich bin mehrere Male mit Essen vorbeigekommen, aber er hat nicht aufgemacht.«

Sie blinzelt.

»Warst du schon im weißen Schloss drinnen?«

Kaspar schüttelt den Kopf.

»Du musst alles erzählen«, sagt sie, »komm mal einen Abend bei uns vorbei.«

Auch in Fåreheim sind die Tiere ins Freie gelassen worden. Die Schafe laufen in den Straßen und Gassen umher und fressen das Gras, das durch den Asphalt wächst. Ihr Fell hat alle möglichen Farben, und sie blöken, dass es auch halb so laut schon reichen würde. Die Schafe laufen, wohin sie wollen. Einige liegen sogar mitten auf dem Weg und schlafen, als die Postboten hinauf zum Fjell fahren.

Die Vögel bebrüten ihre gesprenkelten Eier und werden durch die Schritte der Postboten aufgeschreckt. Hasen und Hermeline drücken sich zwischen den Felsen herum, und die Lemminge scheinen gar nicht da zu sein. Kaspar streckt die Hand aus und versucht, die Tiere zu sich zu locken. Aber sie rennen davon und verschwinden zwischen den Pflanzen.

»Was habe ich gemacht?«, flüstert Kaspar.

Er streckt die Zunge heraus und kostet den Frühlingsregen. Auf dem Berggipfel holt Rusk seinen Kompass und einen leeren Goldrahmen hervor. Er hält den Rahmen mit gestrecktem Arm und sieht zum Gletscher hinüber.

Sofies Kuchen sind größer als sonst. Rusk sitzt da und kaut auf einem Stück herum, das er niemals aufessen kann. Sofie redet, als ob er schon vergessen und begraben sei. Sie hat ein geblümtes Kleid an und duftet nach Parfüm. Als es Kaspar gelingt, ihr Plappern zu unterbrechen, entschuldigt er sich und sagt, dass sie die Reste des Lammes oben auf dem Fjell gefunden haben. Sofie sinkt in ihren Stuhl und schlägt den Blick nieder. Sie ist sehr blass, und die Augen sind wild, als sie ihn wieder anschaut.

»Ja, das war es dann«, flüstert sie.

Rusk schmatzt immer noch, als Kaspar ihm aufhilft und hinausbegleitet. Lærke steht ein Stück vom Haus entfernt und schaut sie an, aber Rusk schaut in die andere Richtung. Lærke läuft nach Hause. Einen Augenblick lang stehen Sofie und Kaspar da und sehen sich an. Ihr Gesicht zeigt jetzt ein vorsichtiges Lächeln, und beider Körper schaukeln vor und zurück.

Es dauert viele Abende, die Wohnung auszumisten. Rusk liegt meistens unter der Bettdecke und sieht überhaupt nichts von dem grünen Frühjahr. Wenn er auf ist, steht er in der Küche und weicht zufällig ausgewählte Briefe auf, tut so, als ob er lesen würde, und klebt die Umschläge wieder zu. Jeden Tag schleppt er einige Kilo Ausrüstung, Ferngläser, Kompass, Kamera und Winkelmesser hinauf auf den Fjell. Dann steht er auf dem Gipfel und knipst los.

Rusk riecht moderig, sein Kopf ist graugelb, und der Bart ist lang und verfilzt. Kaspar versucht, ihn zu rasieren, denn ein Postbote muss anständig aussehen. Rusk schubst Kaspar weg, wenn der sich mit dem Rasiermesser seinem Hals nähert.

»Du kannst nichts machen«, sagt Sofie, gerührt von Kaspars Verhalten, »ein Postbote, der sein ganzes Leben lang auf dem Fjell gelaufen ist, sollte in kein Pflegeheim. Eines Tages verschwindet er einfach.«

»So alt ist Rusk doch noch gar nicht«, sagt Kaspar zornig.

Jeden Abend schert Kaspar das Lamm, so dass es normal aussieht. Er senkt die Schultern und vergisst fast, dass das Tier leer und hohl ist. Es blinzelt mit den Augen und springt um seine Beine. Das Lamm kann das Blöken der Schafe in der Stadt hören und will hinunter zu ihnen.

Als Rusk nun nach und nach verschwindet, achtet Lærke mehr auf Kaspar. Er winkt ihr jeden Tag zu, und sie plaudern über Alltägliches. Obwohl Lærke etwas blass ist, muss es ihr gut gehen. Auf alle Fälle ist sie dick geworden. In Kaspars Vorstellung spielt sie fröhliche Menuette, so dass er alle Kümmernisse vergisst und nachts gut schläft. Während das Frühjahr fortschreitet und wilder wird, schläft er mit ihr. Zwischen ihnen sind keine fremden Gesichter, es gibt nur Kaspar und Lærke.

Rusk kommt mit einer Leiter unter dem Arm in Kaspars Zimmer. Er steigt hinauf, nimmt die Fotografien der alten Postboten ab und legt sie in der Reihenfolge auf seinen Schreibtisch. Jeden Abend sitzt er da und betrachtet sie.

Eines Tages sitzt Kaspar auf der Stufe vor Sofies Haustür und trinkt Nachmittagskaffee. Die Sonne sticht, und Sofie hat einen Sonnenschirm für ihn aufgestellt. Rusk sitzt ein Stück abseits und starrt zum Fjell hinauf. Dann steht er plötzlich auf und geht. Sofie schüttelt den Kopf und redet weiter. Es dauert nicht lange, und Rusk ist nur noch ein roter Punkt auf der Felswand. Kaspar lässt die Kaffeetasse fallen, so dass sie auf der Haustürstufe zerspringt. Er läuft, pfeift und ruft, während Sofie stehen bleibt.

Rusk ist nicht mehr auf dem Berggipfel zu finden. Kaspar läuft den Weg weiter und wirft mit Steinen nach den Vögeln, weil sie so schön singen. Rusk ist nicht zu sehen – so weit kann er doch nicht gekommen sein. Kaspar läuft zurück zum Gipfel, vielleicht kann er ihn von hier aus erblicken?

Rusks Kamera liegt im Gras und blinkt, von hier führt eine Fußspur in Richtung Gletscher, der wie ein toter und kalter Diamant glitzert. Kaspar verfolgt Rusks Fußspur hinaus ins Blaue, aber sie wird immer undeutlicher, obwohl der Schlamm zäher wird. Er muss umkehren.

Sofie sitzt immer noch vor der Haustür und umklammert krampfhaft ihre Kaffeetasse.

»Rusk ist verschwunden, du musst helfen … du kennst den Fjell.«

»Er ist fortgegangen. Die Postboten gehen zum Gletscher, wenn sie sterben müssen, so ist es immer gewesen.«

Ihr kommen die Tränen.

»Wir müssen irgendetwas tun«, schreit Kaspar, »es kann doch sein, dass er sich verlaufen hat. Rusk kommt alleine nicht zurecht.«

»Wenn ein Postbote fortgegangen ist, kommt er nie mehr zurück.«

»Dann müssen wir ihn zumindest anständig begraben.«

»Es gibt schon ein Grab«, sagt Sofie, »man nennt es *Friedhof der Postboten*.«

Sie breitet ihre Arme aus, und er schmiegt sich an sie.

»Geh da nicht hinauf«, sagt sie, »kein Postbote ist jemals lebend zurückgekommen.«

Er versucht, sich zu befreien, doch sie hält ihn fest.

»Kaspar, ich wünschte, ich könnte dich anders nennen. Wie Apostel-Per, Frimærke-Fritz und die anderen.«

Kaspar denkt nach. Es gibt nicht viele, die das Glück haben, sich ihren eigenen Namen aussuchen zu dürfen. Er denkt an die Heiligen Drei Könige, die dem Stern folgten. König Kaspar ginge auch, obwohl er schwarz wie die Nacht war.

»Nenn mich König Kaspar«, flüstert er.

»Es ist nicht üblich, dass sich die Postboten ihre Namen selbst aussuchen. Und es ist außerdem auch gar nicht so einfach«, schluchzt Sofie und trocknet sich die Augen.

Zu Hause knallt Kaspar die Kamera auf den Küchentisch und setzt sich schwerfällig hin. Das Lamm schnüffelt an seiner Hand. Es hatte sich einmal so schön angehört, dass er eine Stellung auf Lebenszeit bekommen hat, aber jetzt denkt Kaspar nur, dass es um Unglück und Tod geht.

Kaspar zwingt sich, an die Tür zu klopfen, als er Rusks Zimmer betritt. Es riecht dort immer noch nach dem Postmeister, im poitiven wie im negativen Sinne. Der Wäschekorb dampft geheimnisvoll, und das Bett ist feucht. Auf dem Schreibtisch liegen die Bilder der früheren Postboten. Es wäre schön, jetzt ein Bild von Rusk zu haben, denkt Kaspar, nimmt den Film aus der Kamera und schickt ihn zum Entwickeln.

Das Lamm schläft in Kaspars Bett, es drückt sein Maul an seine Brust und riecht, wie ein Lamm riechen soll. Er streckt den sonderbaren Augen die Zunge heraus und ignoriert den hohlen Körper. Es ist schön, jemanden im Bett zu haben, und deshalb kann das Tier ruhig so sonderbar sein, wie es will. Kaspar flüstert dem Lamm bis zum Einschlafen das Haiku zu: *Ein gefasstes Herz/Der Leib entblößt im Wetter/Der Wind durchweht mich.* Kaspar fällt in einen leichten Schlaf und träumt von Lærke und ihrer Zartheit. Sie kommt zu ihm, obwohl sie weit weg hinter den Steinmauern der Berge wohnt.

Viele der Fotografien erweisen sich als unscharf. Sie sind mit dem Selbstauslöser aufgenommen worden, und manchmal ist der Felsen zu sehen, auf den Rusk die Kamera gestellt hat. Aber eines der Bilder ist richtig gut geworden. Rusk wirkt müde, aber er sieht sich ähnlich. Als das Foto aufgenommen wurde, ist keine Senilität in seinen Augen zu erkennen. In der einen Hand hält er ein Stück Papier und zeigt zum Gletscher hinauf. Bevor Kaspar die Leiter holt, um Rusk und die anderen Postboten wieder aufzuhängen, schaut er näher auf das Stück Papier, das alle Postboten vor sich halten. Rusk hält ein Foto von Apostel-Per, der wiederum hält ein Foto von Frimærke-Fritz. Frimærke-Fritz hält ein Foto von Poet-Post. Und so geht es weiter und weiter.

Hans und Anne-Grethe lassen Kaspar in Ruhe und sortieren schneller. Kaspar möchte gerne etwas für Rusk tun. An der Stelle, wo der Postmeister verschwand, hat er einen Stein gesetzt und ein paar Tulpen niedergelegt, aber er hat nicht das Gefühl, wirklich Danke gesagt zu haben. Kaspar sieht ihn vor sich, immer und immer wieder. Rusk öffnet Umschläge über Dampf und versucht, etwas zu erklären.

Aber das ist nicht das Ausschlaggebende. Eines Tages lädt Lærke Kaspar ein hereinzukommen.

»Du darfst es niemandem erzählen«, flüstert sie hinter geschlossenen Fensterläden, »aber Rusk hat mich in der Neujahrsnacht geschwängert. Ich habe geglaubt, dass ich in der Nacht, in der ihr mich vor dem Erfrieren im Schnee gerettet habt, eine Fehlgeburt gehabt hätte, aber es kam nicht so, wie ich es erhofft hatte. Jetzt, wo er tot ist, wünschte ich so sehr, ich hätte ihm erzählt, dass er Vater wird. Ich vermisse ihn, und es gibt nicht einmal ein Grab, vor dem ich stehen und gehört werden könnte.«

»Bist du sicher, dass nicht der König der Vater ist?«

»Das ist ja gerade das Problem. Der König war seit dem Herbst nicht mehr hier, aber er kommt bald und besucht mich. Im Sommer hat er nicht so viele offizielle Verpflichtungen. Der König hätte so gerne einen Prinzen, der ihn ablösen könnte. Das ganze Land wünscht sich einen Prinzen. Obwohl der König im Kopf ziemlich verwirrt ist, kann er sich wohl doch ausrechnen, dass er nicht der Vater ist. Und dann ist da noch etwas anderes«, flüstert sie, »eines Tages zieht er für immer hierher. Er hat sich schon für eine plastische Operation angemeldet, bei der sein Gesicht so verändert werden soll, dass er hier den Rest seines Lebens in Frieden verbringen kann.«

Kaspar hört nicht länger zu. Er denkt daran, wie oft er sie in seinen Träumen geliebt hat. Die Träume fühlen sich so wirklich an, dass ich fast auch der Vater des Kindes sein könnte, denkt er.

Lærke seufzt.

»Wenn ich Rusk nur einen Gruß senden könnte.«

»Schreib einen Brief«, sagt Kaspar mit belegter Stimme, »dann will ich sehen, was ich machen kann.«

Am nächsten Tag liefert Kaspar schnell die Post bei Sofie ab und beeilt sich, zurück auf den Berggipfel zu kommen. Er hat das Bild von Rusk dabei und peilt in die Richtung, in die der Postmeister auf dem Bild zeigt. Kaspar verlässt den Weg und geht in Richtung Gletscher. Nach jedem zehnten Schritt klebt er eine 25-Øre-Briefmarke auf einen Stein oder Felsen. Der Fjell sieht überall gleich aus, Zwergweiden, Schafschwingelgras und lila Blumen. Das Gelände verläuft ansteigend, schon bald erreicht er ein Feld mit mannshohen Felsblöcken, die hier schon Tausende von Jahren liegen, seitdem sich die Gletscherzunge zurückgezogen hat und oben im blauen Mund des Gletschers verschwunden ist. Die Steine sind vom Frost gesprengt und sehen aus wie Ruinen eines Krieges, nur der gelben Flechte gelingt es, hier zu wachsen. Eisranunkeln, die sieben Jahre brauchen, um zu blühen, bestehen nur aus zarten Blättern. Es gibt hier weder Vögel noch Schafe. Dicke Tautropfen rollen die Uniform hinab, und Kaspar erschaudert in diesem düsteren Land, während er der Kriechspur des Gletschers folgt und auf immer mehr Schneeflecken trifft.

Wie hat Rusk den Weg gefunden, konnte er die alten Postmänner rufen hören? Die haben sich ja auch den Weg über den Fjell erkämpft, wie der Wind, der darüber fegt. Ein Paar Poststiefel halten ein halbes Jahr, dann sind sie zerschlissen. Kaspars Sohlen sind dünn und glatt, das Leder hat sich als feiner Staub rings auf dem Fjell verteilt. Die Felsen waren einst kochende Lava, die sich über der Erdoberfläche türmte. Jetzt ist die Erde dabei, sich langsam in Staub zu verwandeln, eines Tages fällt sie auseinander und fliegt aufgelöst in den Weltraum hinaus.

König Kaspar streift mit dem Kopf die Wolken, und die Feuchtigkeit läuft als Tränen von seinem Gesicht. Der kalte Atem des Gletschers erzeugt einen Lufthauch. Jetzt ist er so nahe herangekommen, dass es keinen Orientierungspunkt mehr gibt.

Dann erblickt er Sofies Zaun. An der Stelle zwischen dem Zaun und ihm ist ein Loch in den Wolken , aus dem die Sonne gleißend und direkt nach unten scheint. Er bleibt stehen, schmiert sich mit Sonnencreme ein, rückt die Sonnenbrille zurecht und geht auf den leuchtenden Fleck zu.

Der Friedhof der Postmänner ist mit Wollgras umsäumt. Ein großer Haufen verblichener roter Uniformen, brauner Posttaschen und schwarzer Schirmmützen liegt dort aufgetürmt. Die zerschlissenen Lumpen flattern im Wind, Silberknöpfe und Taschenbeschläge klirren. Die Postmänner sehen aus wie Tierjunge, die sich zusammenkauern. Hier und dort sind grau-weiße Knochen zu sehen, die mit Krustenflechte bewachsen sind. Es riecht nach Kreide. Kaspar stochert mit dem Fuß etwas in dem Haufen herum, blickt hinauf in das Sonnenlicht und sieht die Engel tanzen. Dann schirmt er die Augen ab, senkt den Kopf und sucht nach Rusk.

Er liegt am Rande des Haufens. Sein Gesicht starrt auf die Erde, aber die Postschirmmütze sitzt noch immer auf dem weißen Hinterkopf. Seine Posttasche ist über die anderen Männer geschleudert worden. Kaspar fingert an der Tasche herum. Wenn es etwas gab, das er gerne erben wollte, dann war es diese Tasche.

Hier im stechenden Sonnenlicht versucht er, die Tasche zu öffnen, aber sie zerreißt ihm zwischen den Händen. In der Tasche befinden sich ein Briefmarkenheftchen, einige Messinstrumente, ein kleines Notizbuch, ein vergammelter Trockenfisch und ein Flachmann. Dann fällt sie ganz auseinander, und es rutschen ein paar Briefe heraus. Kaspar denkt zuerst, dass sie bestimmt in das Futter gerutscht waren, aber als er die Tasche näher untersucht, sieht er, dass es ein Extrafach gab. Die Briefe sind für Sofie, und der Absender ist ihre Schwester Mira. Der älteste Poststempel ist dreißig Jahre alt, der jüngste Brief ist vor ein paar Monaten abgeschickt worden. Kaspar öffnet seine eigene Posttasche, untersucht die Nähte und findet auch hier ein Fach. Es muss zur Standardausrüstung gehören. Er legt Sofies Briefe in dieses Geheimfach. Die Briefe müssen ja nicht liegen bleiben und verrotten.

Kaspar nimmt seine Postschirmmütze ab, lässt die Sonne auf den Kopf brennen und sagt etwas zu Rusk, das die anderen nicht hören. Er weint ein wenig, klopft ihm auf den harten Rücken, holt Lærkes Brief hervor und steckt ihn in die Knochenhand. Dann verlässt Kaspar den Friedhof der Postmänner und Rainar Rusk.

Der Gletscher bläst Kaspar in den Nacken, während dieser den 25-Øre-Briefmarken folgt, die wie rote Sterne auf den Steinen sitzen. Je weiter er herunterkommt und auf den Weg zusteuert, desto loser sind sie. Die Briefmarken rutschen herunter, und der Fjell nimmt sie in sich auf. Stein und Flechte haben die gleiche Farbe, und er verliert jegliches Gefühl für Zeit und Raum.

Trotzdem befindet sich Kaspar schließlich wieder auf dem Weg, den er so gut kennt, und die Sonne ist gerade dabei unterzugehen. Die Felsen wachsen um ihn herum, der Wind pfeift, nicht mehr fröhlich, sondern gellend falsch. Die Felsen verwandeln sich in Gespensterpostboten, die zornig mit langen Beinen nach ihm treten. Die Uniformen sind blutrot und die Gesichter ausgewischt. Sie werfen mit Steinen, und die Erde rutscht.

»Ich haue ja schon ab«, ruft Kaspar.

Bestimmt ist sein Besuch im Land der Toten eine Ausnahme, die sich nie mehr wiederholen kann. Vielleicht haben die Postboten es deshalb erlaubt, weil er allzu früh alleine gelassen worden ist. Rusk hat es nicht mehr geschafft, ihm alles zu erzählen. Kaspar nimmt die Beine in die Hand und rennt, bevor der Weg von einem Bergrutsch verschüttet wird. Seinen glühenden Kopf bedeckt er mit seiner Schirmmütze.

Kaspar sitzt viele Abende mit Sofies Briefen in den Händen da und denkt nach. Dann räumt er auf und sortiert die Sachen von Rusk. Einiges wirft er weg, den Rest lässt er in den Regalen liegen. Kaspar bringt Rusks Zimmer in Ordnung, so dass es der neue Postbote, der wohl eines Tages kommen wird, übernehmen kann. Er sortiert die Dinge in den Küchenschubladen um, jetzt liegen Messer und Gabeln dort, wo er sie am liebsten haben will. Das Telefon läutet, aber er weiß schon, dass es Hans und Anne-Grethe sind, und zieht den Stecker heraus.

Von Mira, steht dort auf den Briefen, *Mirasol, Dalsga-*

ten 2. Das ist nicht weit von da, wo Kaspars Mutter wohnt.

Dann kommt der Tag, an dem er sich nicht länger zurückhalten kann. Kaspar weiß, dass ihn niemand sehen kann, weil das Postamt das höchste Gebäude ist, aber trotzdem zieht er alle Gardinen zu. An diesem Abend duftet sogar die Stadt nach Frühling, und das Lamm hat ein feuchtes Fell. Bald kocht das Wasser im Kessel, und er hält mit seiner Pinzette die Briefe darüber. Der Umschlag lässt sich leicht öffnen, er zieht Handschuhe an und nimmt den Brief heraus, der vor über dreißig Jahren abgeschickt wurde.

Liebste Sofie!
Warum höre ich nichts von dir? Ich vermisse dich und hoffe, dass du mir verzeihen kannst. Du hast bestimmt gehört, dass ich Rainar verlassen habe. Ich bin eines Tages in die Großstadt gefahren, und da wurde mir klar, wie viele Männer es auf der Welt gibt. Man braucht ja nur zu wählen! Ich kann nicht verstehen, dass wir einmal geglaubt haben, es gebe nur Rainar Andersson.

Wie klappt es mit den Schafen? Plage dich nicht so ab, es ist wichtig für eine Frau, dass sie sich jung und schön hält. Kannst du dich erinnern, wie groß Mutters Hände wurden von all der schweren Arbeit? Das darf dir nie passieren.

Ich denke oft an damals, als wir nebeneinander lagen, in den Himmel schauten und wussten, dass wir etwas anderes wollten als Mutter und Vater. Aber die Berge sind mächtig, ich weiß, dass es schwierig sein kann hindurchzurufen.

Letzte Woche habe ich eine so genannte Pauschalreise gemacht. Ich bin hinunter ans Mittelmeer geflogen und habe dort in einem Hotel gewohnt. Die Menschen dort unten sind viel fröhlicher. Die Sonne scheint das ganze Jahr, man kann im Meer baden, und die Topfpflanzen, die Mutter zu Hause am Fenster stehen hatte, wachsen hier mannshoch. Ich glaube, das ist das Paradies. Kannst du dich erinnern, wie begeistert wir von den drei, vier Sonnentagen waren, die es jährlich in der Siedlung gibt?

Ich bin froh, aus der Siedlung weggekommen zu sein, aber Rainar war mein Morgenrot. Denk nur, wenn wir ihn uns hätten teilen können. Wenn wir weiterhin verbunden geblieben wären, hätten wir ihn uns teilen müssen, wäre das nicht lustig gewesen? Kannst du mir wohl verzeihen?

Ich habe daran gedacht, ein Sonnenstudio zu eröffnen. Das ist sehr modern geworden, mit Höhensonne, also eine Art künstlicher Sonne, wo man unter einigen Lichtröhren liegt und von den Strahlen braun wird. Hinter dem großen Konzertsaal ist ein Geschäft zu verkaufen, und mein Sonnenstudio soll natürlich Mirasol heißen.

Komm und besuche mich, Sofie, du solltest das Solarium ausprobieren. Man beginnt vorsichtig mit einer kleinen Dosis Sonne und steigert sie dann. Sofie, ich kann dich fast immer spüren, wenn ich mich ins Warme lege. Du bist klein, warm und atmest schwer. Ich habe mich schon einige Male dabei ertappt, wie ich herumgelaufen bin und mit dir geredet habe. Du musst mir verzeihen, aber ich habe entdeckt, dass die Welt groß ist, und ich möchte sie dir gerne zeigen.

Schwester, wir waren so dicht beieinander, wir haben die Arme umeinander geschlungen und uns gegenseitig in die Augen gestarrt. Wir weinten beide, als wir geboren wurden.

Schreib endlich.

Deine Schwester Mira

In allen Briefen stand nahezu dasselbe. Mira klagt darüber, dass Sofie ihr nicht schreibt, sie fleht sie an, ihr doch zu verzeihen. Mira hat sogar versucht, über den Fjell zu kommen, fand alles aber nur abgesperrt vor.

Mira schreibt, dass das Geschäft floriert, dass sie ständig erweitert und dass sich allmählich eine ganze Kette von Sonnenstudios daraus entwickelt hat. Kaspar kennt die Mirasol-Sonnenstudios gut. In der Stadt, aus der er kommt, findet man an jeder zweiten Straßenecke eine Filiale davon. Die meisten Menschen, sogar seine Mutter, gehen ab und zu dorthin.

Kaspar klebt die Umschläge zu und denkt nach. Warum wollte Rusk nicht, dass Sofie die Briefe liest, wurde er wirklich so verrückt, als Mira ihn verließ? Warum gibt es in allen Posttaschen dieses geheime Fach? Bedeutet das, dass Postboten dort Briefe verstecken können, von denen sie meinen, dass die Menschen sie nicht bekommen sollten? Kaspar denkt nach, kommt aber zu keinem Ergebnis. Vielleicht hat Rusk gespürt, dass er so vieles mit Sofie gemeinsam hat, vielleicht wollte er sie vor ihrer Schwester beschützen, die sie, trotz der netten Worte, im Stich gelassen hatte. Wenn einem einmal das Herz gebrochen wurde, dann wird es nie mehr ganz heil. Die Narbe wird immer bleiben und den Blutkreislauf behindern.

Rusk hätte die Briefe aber auch versteckt haben können,

um sich selber zu schützen. Um sicher zu gehen, dass Mira niemals mehr zurückkommt, weder nach Fåreheim noch in die Siedlung. Er konnte es wohl nicht ertragen, ihr Gesicht wiederzusehen.

Erst nachdem Kaspar seine Vitamin-D-Tabletten eingenommen, seine Unterhose ausgezogen und sich zum Schlafen hingelegt hat, kommt ihm der Gedanke wie ein Blitz. Kann der lokale Postbote auch Briefe vor ihm versteckt haben, von denen er meinte, dass Kaspar sie besser nicht erhalten sollte? Kaspar bekommt Bauchschmerzen, stürzt hinaus zur Toilette und sinkt auf dem Badezimmerboden zusammen, nass vor kaltem Schweiß. Er sieht den Postboten vor sich. Der dunkle Blick, die dubiose Art, wie er die Briefe schnell in den Briefkasten wirft. Und dass er alles weiß. Als Kaspar mit Hans und Anne-Grethe in der Kneipe war, hat er Kaspars Geschichte mit angehört.

Vielleicht ist das Geheimfach eine Art Sicherheitsinstanz, die nicht nur die Briefempfänger beschützt, sondern auch die Postboten selbst. Der Postbote ist der Briefträger, der Bescheide bringt, die das Leben der Menschen umkrempeln. Manchmal trägt er sogar den Tod auf dem Rücken.

Während Kaspar daliegt und auf den Badezimmerfußboden eindrischt, versteht er, dass das Geheimfach auch eine andere Funktion haben könnte. Es gibt ja Grenzen dafür, was man einem Postboten zumuten kann, selbst wenn er angestellt ist, um Leuten zu Diensten zu sein – und noch dazu für den geringen Lohn. Auf jeden Fall sollte der Postbote zur selben Kategorie gehören wie der Parkplatzwächter und der Zugschaffner. Das Geheimfach liefert eine gewisse Form von Arbeitsschutz, der das psychische Arbeitsmilieu des Postboten verbessert. Kaspar reibt sich seine schmerzenden Knöchel und geht ins Bett.

Hier liegt er in der Dunkelheit der Wohnung und weiß, dass ein anderer sein Schicksal in der Hand hält. Es ist etwas, in das er sich nicht einzumischen braucht. Die Urteilsfähigkeit des Postboten ist bestimmt nicht schlechter als seine eigene, und Kaspar weiß, dass der Kollege nur das Beste für ihn will. Kaspar ist loyal, aber trotzdem zerbricht etwas in dieser Nacht.

Am nächsten Tag muss Kaspar an etwas anderes denken. Die Sonne scheint von einem wolkenlosen Himmel, er schmiert sich mehrere Schichten Sunblocker ins Gesicht und holt den besonderen, schwarzen burka-artigen Hut, den ihm seine Mutter einmal genäht hat, aus dem Schrank. Der Hut bedeckt alles, wenn die Sonne richtig gefährlich ist. Kaspar setzt die Sonnenbrille auf, jetzt sieht er wirklich wie König Kaspar aus.

Als Kaspar auf dem Berggipfel steht, fliegt ein goldfarbener Helikopter über seinen Kopf. Dieser glitzert wie die Sonne und ist schon wieder gestartet, als Kaspar hinunter in die Siedlung kommt. Eine Gestalt ist auf dem Weg hinauf zum weißen Schloss.

»Der König ist gekommen«, flüstert Sofie, »und denke daran, wenn du mit einem Brief hinauf musst, dann schau auf den Boden, liefere den Brief ab und verschwinde schnell wieder.«

Sofie steht in der Küche in Rauch und Dampf, ihre Haare sind unordentlich, und sie hat einen Bikini an. Die Menschen werden verrückt, wenn die Sonne scheint, denkt Kaspar, an einem Tag sind sie eingemummelt, an einem anderen sind sie fast nackt.

»Ich habe keinen Brief für den König.«

»Ach«, sagt sie, »du bist neugierig, nicht wahr?«

»Joo ...«

Sofie steckt den Finger in den Mund und denkt nach, dann trocknet sie die Hände an der karierten Schürze ab, setzt sich ins Wohnzimmer und schreibt einen Brief.

»Das ist nur der Menüplan für heute«, sagt sie und leckt die Ränder des Umschlags ab.

Kaspar steigt die Treppe hinauf, die zu dem weißen Schloss führt. Die Luft und die Farben werden klarer, je weiter er nach oben kommt. Da unten gleicht alles einem Theater. Die Berge sind die Kulissen, und die flache Wiese, wo die Siedlung liegt, ist die Bühne. Die Sonne steht hoch am Himmel und beleuchtet alles mit ihrem Scheinwerfer.

Kaspar sucht nach einem Briefkasten, aber da ist keiner. So guckt er hinunter auf die Terrassenfliesen und klopft an die Glastür. Es nähern sich Schritte.

»Wer bist du?«, sagt die Stimme, die er aus dem Radio und Fernseher kennt.

Kaspar reißt die Burka herunter, verbeugt sich und überreicht den Brief.

»Entschuldigung wegen der Störung.«

»Das ist aber eine gewaltige Uniform, die ihr Landpostboten bekommen habt«, sagt er, »und ihr seid gewiss auch darunter bleich.«

Kaspar nickt.

»Na ja«, sagt Kaspar, »ich wünsche noch einen guten Tag.«

Er dreht sich zur Schwindel erregenden Aussicht um. Schwarze Wolken kriechen über die Siedlung.

Kaspar setzt die Burka erst im Auto ab. Im Rückspiegel

sieht er, dass er zwischen den Augen etwas von der Sonne verbrannt worden ist. Es muss in dem Augenblick geschehen sein, als er die Burka vor dem König abgesetzt hat. Kaspar schmiert sich mit After-Sun-Lotion ein.

Nachdem er den Busfahrplan studiert hat, zeigt es sich, dass er Mutter unmöglich vor Pfingsten besuchen kann, wenn er seiner Arbeit nachgehen will. Das ist aber bestimmt in Ordnung. Aber als der Abend voranschreitet, bekommt er Bauchschmerzen und muss die ganze Nacht auf der Kloschüssel sitzen.

Auch am nächsten Tag ist der Himmel wolkenfrei. Anne-Grethe trägt um die Taille einen Sarong und ein pinkfarbenes Bikinioberteil, das die braunen Brüste nur teilweise verbirgt. Hans hat ein Hawaiihemd und kakifarbene Shorts an.

»Ich habe gelesen, dass der König wieder verschwunden ist«, sagt Anne-Grethe, »die Klatschpresse jagt ihn auf irgendwelchen Tropeninseln. Und heute«, flüstert sie, »soll es geschehen. Ich habe einen Picknickkorb gepackt, wir treffen uns auf dem Fjell!«

Kaspar sagt nichts. Auch nicht, als er oben an der Pforte parkt und Anne-Grethe und Hans mit einem Taxi herangesaust kommen. Sie winken und rufen, aber er klettert schnell den Hang hinauf und läuft weiter über den Fjell. Wenn sie dort irgendwohin wollen, müssen sie selber die Steinhaufen, die den Weg markieren, finden.

Ein Blaukehlchen fliegt auf, als er den Weg entlang läuft, die Felsen tanzen in der flimmernden Hitze. Kaspar blickt auf den Boden und rückt die Burka zurecht.

Als er auf dem Berggipfel steht, wirft er einen kurzen Blick zurück über den Fjell. Jemand lacht, hüpft herum und winkt, es ist Anne-Grethe. Kaspar versteckt sich hinter einem Felsen, drückt die Wange dicht gegen den harten Granit, bohrt die Finger in die Erde und bekommt Moos unter die Fingernägel. Von einem Steinhaufen hinter ihm werden zwei Schüsse abgefeuert.

Kaspar geht hinunter in die Siedlung, ohne sich noch einmal umzudrehen. Er sucht nach Sofie und versucht sogar, etwas zu pfeifen. Sie ist nicht zu Hause, und mit klopfendem Herzen setzt er sich auf die Stufe vor der Haustür und wartet eine Ewigkeit.

Der Mitarbeiter und seine Frau liegen im Garten, den Hintern in die Luft gestreckt, sie plaudern ein wenig und nippen an kühlen Drinks. Sie sollten lieber etwas anziehen, es ist ja nicht sicher, dass es alle interessant finden, ihre Fettwülste zu sehen, denkt Kaspar. Ob Lærke wohl auch Sonnenbäder nimmt? Sie sitzt mit hochgerafftem Kleid in ihrem Fenster und putzt die Flöte. Lærke hat lange Beine. Der König steht unter dem Fenster, sie schüttelt den Kopf, als er etwas ruft, springt ins Zimmer zurück und schließt die Fensterläden. Der König tritt gegen die Hauswand. Langsam dreht er sich um und hinkt hinauf zum Schloss.

Sofie kommt mit schweren Schritten vom Fjell herunter. Sie hat den Wolfspelz an, auch wenn er zu warm sein dürfte. Sie blickt Kaspar mit dunklen Augen an und nimmt das Gewehr von der Schulter.

»Da waren einige Touristen, die dachten, sie könnten da Picknick machen. Es muss also ein Loch im Zaun geben. Sie kamen auf die Siedlung zu, ein Mädchen in knallbunten Sachen und ein Mann mit Pferdeschwanz. Kennst du die?«

»Ja«, sagt Kaspar, »das könnten gut einige von den Postsortierern sein.«

»Na gut, nur ein paar Gewöhnliche«, sagt Sofie.

»Und wenn sie es sein sollten, sie sind noch nicht einmal besonders gut im Sortieren«, sagt er.

Kaspar versteckt das Gesicht unter der Burka, er reicht Sofie die Post von heute und steht auf, um zu gehen.

»Ich hole ein Glas«, sagt Sofie, »das brauchen wir jetzt.«

Sie spülen ihre Martinis hinunter, an Sofies Händen und am Pelz befindet sich Blut, an den Ärmeln sind mehrere Wolfskrallen zerbrochen.

»Wir können hier keine Fremden gebrauchen«, sagt sie.

Hans und Anne-Grethe liegen in einem Graben bei dem Parkplatz. Sie hat ein Auge verloren, und seine Kehle ist durchschnitten. Das Blut läuft zusammen mit dem Schmelzwasser auf Fåreheim zu. Kaspar geht rückwärts zum Postauto und fährt nach Hause.

Kaspar zieht die Unterhose aus, schluckt ein ganzes Glas Vitamin-D-Tabletten und hofft, niemals mehr wieder aufzuwachen. Draußen ist Sommer, die Bäume schlagen aus, man kann zuschauen, wie das Gras wächst, und die Schafe blöken. Hinter der Verdunkelungsgardine ist es dunkel. Er versucht, an Lærkes flotte Beine zu denken, rafft ihr Kleid hoch und verliert das Bewusstsein.

Kaspar erwacht und hat von den Vitamin-D-Tabletten nur Bauchweh bekommen. Er geht hinunter und sortiert, und danach kauert er sich auf dem rauen Kokosteppich zusammen, der hinter der Wohnungstür liegt. So lag er auch schon als Kind und wartete auf den Postboten, aber jetzt hält er ein Telefonbuch in der Hand. Durch die Ritzen der Tür strömt frische Regenluft herein, Autos fahren vorbei, Kinder lachen, und Hunde bellen. Auf dem Bürgersteig hört man Schritte, die Stiefel des Postboten kratzen an den Platten, und Kaspar beißt die Zähne zusammen. Der Postbote bleibt stehen, öffnet mit einem Klicken seine Tasche, räuspert sich, zieht das Gummi mit einem Knall von den Briefen und öffnet den Briefkasten.

Kaspar schafft es gerade noch, das verschreckte Gesicht des Postboten zu sehen, als er die Tür öffnet und ihn mit dem Telefonbuch auf den Kopf schlägt. Der Postbote fällt zusammen wie eine Puppe. Kaspar zieht ihn an den Beinen in den Flur, nimmt ihm schnell die Tasche ab und öffnet das Geheimfach. Es liegen fünf Briefe darin, sie sind für ihn und kommen von der Mutter. Schluchzend gibt er dem Postboten einen Schlag auf den Kopf und schmeißt die Briefe auf den Fußboden. Kaspar trägt ihn hinaus ins Auto, fährt ein Stück hinauf in die Berge und legt ihn an den Straßenrand. Kaspar holt seine Pinzette heraus und ritzt ihm das Gesicht, die Hände und Beine auf, bis das Blut aus den Wunden sickert. Sobald der Postbote sich regt, verpasst Kaspar ihm wieder einen Schlag. Bevor er fährt, hebt er vorsichtig dessen Augenlider. Obwohl der Postbote weit weg ist, blickt er Kaspar freundlich an. Es sieht so aus, als würde der Mund auch lächeln. Er hat es getan, weil es das Beste für Kaspar war. Der Postbote wollte bestimmt, dass Kaspar in Fåreheim bleiben kann, seine Route geht und glücklich ist.

Hans und Anne-Grethe liegen immer noch beim Parkplatz. Kaspar bringt es nicht fertig, hinzugehen und nach ihnen zu sehen. Bestimmt riechen sie auch nicht so angenehm, und der Regen klatscht auf ihre Sachen.

Während Kaspar bei Sofie Kaffee trinkt, klopft der König an Lærkes Tür. Er trägt eine weiße Regenjacke und hält einen Regenschirm hoch über den Kopf. Sie schließt die Läden, und er muss draußen stehen und in einer Pfütze herumwaten.

Als Kaspar zurück zum Parkplatz kommt, sind die Körper von Hans und Anne-Grethe verschwunden. Er springt ins Auto und fährt heim. Die Straßen von Fåreheim liegen verlassen da.

Im Radio berichtet man von dem bestialischen Mord an zwei Postsortierern und von dem Überfall auf einen Postboten. Die Polizei bittet die Bevölkerung, in den Häusern zu bleiben und auf ihre Schafe aufzupassen. Bei den Experten herrscht nahezu Einigkeit darüber, dass einige Wölfe Amok laufen. Bei den toten Postsortierern sind Wolfshaare gefunden worden. Die Jagdgebiete der Wölfe sind in den letzten Jahren kleiner geworden, vielleicht sind sie verrückt vor Hunger. Gespannt wartet man darauf, dass der Postbote wieder zu Bewusstsein kommt und eine nähere Zeugenaussage machen kann.

Während sich die ganze Stadt drinnen hinter geschlossenen Gardinen aufhält, setzt Kaspar einen Kessel mit Wasser auf und öffnet über dem Dampf Mutters Briefe. Er setzt sich hin und liest langsam.

Lieber Kaspar!
Jetzt ist es also soweit, dass ich schreibe. Du musst nach Hause kommen. Es geht mir nicht gut, und ich bin im Krankenhaus. Eigentlich wollte ich nicht schreiben, aber wir hatten ja abgesprochen, dass ich es tun soll. Dir ist es die Zeit über, in der ich nichts von dir gehört habe, bestimmt gut gegangen auf dem Fjell. Aber du musst jetzt kommen.
Liebe Grüße, Deine Mutter

Die Briefe werden immer undeutlicher, es ist nicht länger Mutters Handschrift. Im letzten steht nur noch: *Komm heim*. Er wurde in der letzten Woche abgeschickt.

Kaspar muss morgen, wenn die Pfingstferien anfangen, den Bus nach Hause nehmen. Er öffnet die Gardinen und starrt hinunter auf die Straße. Leute laufen herum, also muss das Ausgehverbot wohl abgeblasen worden sein. Das Lamm schläft nicht, es steht die ganze Nacht nur da und schaut ihn an.

Kaspar wird früh wach, sortiert die Post und fährt schnell in Richtung Fjell. Vom Parkplatz schaut er einen Augenblick hinunter auf das kleine Fåreheim, das noch in seinem Nebeldunst ruht. Das Postamt liegt mitten in der Stadt, groß und rot, wie eine allzu deutliche Zielscheibe.

Auf dem Weg über den Fjell breitet er die Arme aus, hüpft etwas herum und wünscht sich, dass er fliegen könnte. Kaspar macht bei seinen Lieblingsstellen und Pinkelsteinen eine Pause. Das ist sein Territorium, und wenn er nie mehr zurückkommen sollte, so will er nicht vergessen werden. Sieh nur den Weg, er ist tief geworden, und er ist es, der ihn so ausgetreten hat!

Kaspar geht zu Lærke. Sie steht zusammen mit dem König in der Tür, Kaspar schaut auf seine Stiefelspitzen.

»Frohe Pfingsten, ich fahre gleich in die Stadt«, sagt er.

»Fährst du fort?«, sagt Lærke.

»Ja, pass auf dich auf.«

Er verbeugt sich vor dem König und blickt ein wenig hoch, Lærkes Bauch ist dick geworden.

»Kaspar«, flüstert sie und bricht zusammen.

Kaspar geht hinüber zu Sofie, sie hat den Tisch mit kleinen Gerichten aus aller Welt gedeckt.

»Ich fahre Pfingsten weg«, sagt er.

Sie reicht ihm eine Platte mit Fleisch. Es ist ganz rot und in dünne Scheiben geschnitten.

»Stradivarius-Carpaccio, probier!«

Aus Lærkes Haus ertönt ein Schrei, Kaspar steht auf und läuft zur Tür.

»Er ist ein Schlimmer, der König«, sagt Sofie und lacht.

»Was meinst du?«

Sie grinst bloß, und Kaspar wird rot. Er ist noch nie mit einer Frau zusammen gewesen, die so laut schrie. Er hat Lust wegzulaufen, er hat Lust zu bleiben.

Sofie reicht ihm nochmals das Fleisch, er nimmt ein paar Scheiben und wirft sie in den Mund. Sie lassen sich mit der Zunge zerdrücken, und das Rote geht sofort in die Blutbahn. Kaspar wächst zwischen den Beinen und versteht jetzt besser, warum die Japaner bereit sind, so viel für das Fleisch zu bezahlen. Kaspar will hinüber zu Lærke, er wird den König rausschmeißen und Lærke beweisen, dass er der Mann ist.

Kaspar isst schnell noch mehr Fleisch. Vielleicht ist drüben ja ein Fensterladen nicht richtig verschlossen? Vielleicht kann er aus dem ersten Stock hinüber zu Lærke schauen? Sofie nimmt seine Hand, sie gehen leicht kichernd hinauf in ihr Schlafzimmer, und während er aus dem Fenster sieht, streichelt sie ihm über den Rücken. Kaspar kann Lærke nicht sehen, aber die Schreie werden lauter und lauter. Er schlägt an die Scheibe, gerade so fest, dass sie nicht zerspringt. Sofie flüstert Dinge in sein Ohr, und als er sich umwendet, steht sie nackt vor ihm. Sofie umfasst ihn und zieht ihn hinüber auf das Bett. Ihre Haut ist zart. Sie drückt ihn, so dass er eine Träne vergießt, und als sie seine Lippen küsst, ist es so, als würde er von dem

Flügel eines Engels berührt. Der weißblonde Haarknoten im Nacken hat sich gelöst, und in dem schwachen Licht könnte sie genauso gut eine junge Frau sein. Kaspar will zwischen Lærkes Schreien etwas sagen, aber die Hände tasten weiter. Weil es so warm ist, fängt er an, seine Sachen auszuziehen.

»Behalte die Unform an«, sagt sie, »sie ist so flott.«

Ihre Brüste sind zart und nicht besonders schlaff. Nur der talkumartige Geruch verrät ihr Alter. Sie stöhnt leise, als Kaspar in sie eindringt und allzu schnell kommt. Sofie lächelt, küsst ihn und wird sonderbar entspannt. Er schüttelt sie, aber sie ist entschwunden. Ihre Augenlider zittern, und ihr Mund bewegt sich.

Als Sofie wieder zu sich kommt, schreit Lærke immer noch, aber Sofie streckt sich ruhig aus und dreht sich auf die andere Seite.

»Ich habe geträumt«, sagt sie, »ich hatte einen Traum.«

Sie setzt sich auf und will erzählen, aber da ist ein roter Fleck auf dem Bettlaken.

»Ups«, sagt sie, errötet und will das Laken abziehen, »ich gehe gleich raus und wasche es aus.«

Sie kichert und schneidet Grimassen. Kaspar lächelt auch und streichelt sie zwischen den Brüsten, wo die Haut weiß ist, glatt und knotig.

»An dieser Stelle waren Mira und ich zusammengewachsen«, sagt sie, »Mira hat auch eine Narbe.«

»Fahr doch und such sie.«

»Ich habe nie etwas von ihr gehört.«

»Vielleicht traut sie sich nicht zu schreiben.«

»Ich bin zu alt, um zu reisen. Die Berge sind groß und steil, vielleicht hätte ich nicht mehr genug Kraft, hierher zurückzukommen.«

»Die Ersten, die nach Amerika gereist sind, dachten, sie würden in einen Abgrund fallen. Die, die zum Mond geflogen sind, wussten nicht, ob sie es schaffen, wieder nach Hause zu kommen, nachdem sie gesehen hatten, wie klein die Erde ist«, sagt Kaspar.

Ihre Hände umfassen seine, sie sind immer noch groß, aber es ist eine Zartheit in ihnen, die vorher nicht da war.

Lærke hat aufgehört zu schreien, und die Sonne scheint grell durch das Fenster. Sofie summt leise und schiebt sich voller Behagen das Kopfkissen in den Nacken. Jetzt im Sonnenlicht tritt Sofies Tapete deutlich in den Vordergrund. Sie besteht aus Bildern von Angehörigen der königlichen Familie und Prominenten, die Sofie aus den Illustrierten ausgeschnitten hat.

»Ich bin ein Fan«, sagt sie.

Die meisten Bilder sind vom König. Der König bei der Parade, der König auf dem Balkon, der König zu Pferd und der König bei einem offiziellen Besuch. Es gibt auch Bilder von Opernsängern, Schauspielern und sogar eines von Lærke. Sie ist noch ein Kind und steht alleine auf der Bühne.

Kaspar ist durstig, er muss ein Glas Wasser haben, bleibt aber in der Tür stehen. Gleich links neben dem Türrahmen hängt ein Bild von seiner Mutter. Sie ist jung, sonnengebräunt, hat eine Sonnenbrille auf der Nase und einen Babykorb in der Hand. Das Bild ist unscharf, sie sieht den Fotografen nicht an.

»Wer ist das?«, flüstert er.

Sofie steht auf, zieht einen Stringtanga an und setzt die Lesebrille auf.

»Oh, sie ist so schön. Zu einem Zeitpunkt waren Gerüchte im Umlauf, sie hätte mit dem König ein Kind bekommen.«

»Und dann?«

»Ja, es stand eine Menge davon in den Illustrierten, aber es herrschte Schweigen von Seiten des Hofes. Mutter und Kind tauchten unter, und die Geschichte geriet in Vergessenheit. Das Königsgeschlecht ist dabei auszusterben, die letzten Zweige werden welk. Die Familie ist so alt wie das Land selbst, alles, was man über die ältesten Zeiten weiß, ist im König vereint. Unser Blut kann bis in sein Blut verfolgt werden. Was glaubst du, warum es so viel Unfrieden auf der Welt gibt? Es liegt daran, dass es keine ordentlichen Führer mehr gibt, die die Länder regieren. Der Unfrieden wird auch zu uns kommen. Der König ist krank, und das wirkt ansteckend.«

»Es gibt Schlimmeres«, murmelt Kaspar.

Die Wände scheinen zu wackeln, es verschwimmt alles vor den Augen. Kaspar bricht auf dem Fußboden zusammen. Sofie hilft ihm wieder auf.

»Was ist los mit dir?«, fragt sie.

»Ich weiß es nicht, vielleicht ist es nur die Anstrengung.«

»Ja«, lacht sie, »ich bin auch sehr müde.«

Draußen steht der König und ruft:

»Komm heraus, Postbote, sieh, was du angerichtet hast!«

»Ach«, sagt Sofie.

Kaspar zieht die Hose hoch und läuft hinunter. Der König steht auf der Stufe vor Lærkes Haustür, sie hängt an ihm, und auf ihrem Kleid sind Blutflecken. Der König hält ein kleines Bündel im Arm.

»Komm näher«, ruft er.

Kaspar senkt den Kopf und kommt näher, es ist keine Wolke am Himmel, und die Sonne brennt im Gesicht. Er hat den Hut, die Brille, die Burka und die Sonnencreme vergessen.

»Sieh, hier ist deine kleine Missgeburt, anscheinend kann man seine Verlobte nicht einmal ein halbes Jahr alleine lassen, ohne dass der Postmann zu Besuch kommt.«

Der König öffnet das Bündel. Die Haut des Kindes ist blendend weiß, die Haare sind blau-weiß und lang, die halbgeöffneten Augen sind rot.

»Ein Albino«, flüstert Kaspar, »aber das ist nicht zwangsläufig erblich. Albinos werden zufällig geboren.«

Lærkes Augen sind voller Schmerz, Kaspar streckt die Hände nach dem Kind aus.

»Er ist tot«, ruft der König, so dass es in den Bergen widerhallt, und lässt das leblose Kind Lærke vor die Füße fallen.

Dann setzt er Kaspar nach.

Kaspar läuft hinauf in Richtung Fjell, dem einzigen Ort, wo er eine Chance hat. Er erinnert sich an ein Bild in einer Illustrierten vom Fitnessraum des Königs. Er trainiert dort mit dem längsten Laufband und den schwersten Gewichten.

Die Pfingstsonne brennt weiß, und die Engel tanzen vor den Augen. Kaspar folgt eine Zeit lang den Steinhaufen, weiß aber, dass es dadurch für den König leicht ist, ihn zu finden. So springt er vom Weg herunter und läuft höher in die Berge.

Der König verfolgt ihn wie ein Blitz, er schießt über Flechten und lila Blumen hinweg, so dass der Fjell verbrannt riecht. Der König schreit Flüche und Verwünschungen hinter ihm her, die Sonne steigt in den Zenit und wirft keinen Schatten. Auf jedem Felsblock, auf jeder Anhöhe stehen Engel und winken.

Kaspar erhöht das Tempo, die Beinmuskeln übersäuern wie Zitronen. Um diese Jahreszeit geht die Sonne nicht unter; während sie laufen, sinkt sie trotzdem ein wenig tiefer und streift den Horizont. Es ist weder Tag noch Nacht, und die Mitternachtssonne zeichnet sich grüngolden am Himmel ab. Die Haut kühlt etwas ab. Dann steigt die Sonne wieder und tanzt auf Zehenspitzen. Kaspar läuft noch schneller, Gras und Flechten schießen vorbei, kleine Birkenbäume werden niedergetrampelt.

Ab und zu taucht Sofies Zaun auf, und Kaspar muss große Haken schlagen, um nicht in die Falle zu gehen. Sie laufen umher im verschwommenen Land der Felsblöcke. Aber die weiße Eisranunkel blüht heute.

Kaspar fühlt und merkt, wie sich seine Gesichtshaut abschält. Die Beine krampfen, die Muskelfasern ziehen sich zusammen. Er kann nicht mehr und denkt sich, dass er wohl doch auf dem Friedhof der Postboten enden wird. Der Friedhof ist nirgendwo, und als der König einen Augenblick außer Sichtweite ist, wirft sich Kaspar hinter einen Felsen und betet, dass er vorbeilaufen möge.

Aber der König bleibt stehen, schaut sich verwirrt um und schnaubt wie ein Tier. Er erblickt Kaspar, der aufspringt und in die falsche Richtung rennt. Kaspar läuft in ein Stück Zaun, fällt in den Stacheldraht und sitzt fest.

Der König steht über ihm, er hat einen schlechten Atem, Kaspar schließt die Augen.

»Wie kannst du es nur wagen?«, schreit er Kaspar ins Gesicht.

Aber plötzlich ist der König still. Er schaut, und Kaspar

wagt es nicht aufzublicken. Die Sonne brennt auf seinen Scheitel.

»Wer bist du?«, fragt er und berührt Kaspars Gesicht.

Kaspar blickt auf und starrt ihn an, der König hält seinem Blick stand. Kaspar sieht direkt in ein Gesicht, das ihn an das fremde Gesicht unter seiner Haut erinnert. Er schreit heiser, der König atmet schwer.

»Du darfst ... mir nichts tun«, flüstert Kaspar.

»Du gleichst mir ja«, sagt der König, »du siehst so aus, wie ich auf Gemälden, im Spiegel und in Illustrierten aussehe.«

Der Blick ist lang und unergründlich. Es ist nicht der Blick eines Vaters, sondern ein Blick, der versucht, in ihm zu versinken – so als wären sie plötzlich eins. Ich habe so einen Blick schon einmal gesehen, denkt Kaspar, ein anderer starrte mich schon einmal so an, genauso. Es war Mutter, erinnert er sich, aber er kommt nicht darauf, wann und wo es war. Der König will, dass er seinen Blick erwidert, er lächelt und streckt die Hand aus.

»Freunde?«, sagt er, macht einen Schritt nach vorne und drückt Kaspar in den Zaun.

Unten in der Erde knackt etwas. Kaspar fällt rückwärts, der Zaun kippt um und bricht auseinander. Kaspar befreit sich blutend von den Metallstacheln und läuft hinüber in Richtung Gletscher. Der König fleht ihn an zurückzukommen. Er will nur reden, er will nichts Böses.

Kaspar läuft um den blauen See am Fuß des Gletschers herum zum Gletschertor hin. Der Gletscher ist kleiner geworden, in der Sommerwärme brechen große Stücke ab. Kaspar entdeckt eine Öffnung von der Größe einer Tür und läuft hindurch. Hier ist es kalt und klamm, aber das Eis kühlt die Haut, und er sucht nach den Gängen, die nach innen führen. Hin und wieder fallen Eisklumpen von der bläulichen Decke, und wie durch ein Wunder wird er nicht getroffen. Das Eis knirscht und kracht, die Schritte des Königs schlurfen hinter ihm her. Er ruft wieder und wieder, dass Kaspar doch stehen bleiben soll. Das Blau des Eises wird umso dunkler, je weiter Kaspar hineinkommt, er tastet umher und beginnt zu frieren. Als Kaspar an eine Mauer stößt, findet er dort eine Tür. Er drückt den Türgriff hinunter und geht hinein. Hier beginnt eine Treppe, er steigt sie hinauf, sie macht eine Biegung, und er sieht Licht.

Kaspar steht in einem langen Korridor mit weißgetünchten, hohen Wänden. Kalte Luft trifft auf warme, und der Nebel ist dick. An den Wänden hängen Bilder von allen Königen des Landes. Je weiter er vorankommt, desto jüngeren Datums sind die Majestäten. Einer hat Kaspars Ohren, ein anderer seine Nase oder die Breite seines Mundes. Dann steht Kaspar im Wohnzimmer des weißen Schlosses, die Schritte des Königs folgen ihm immer noch, er beeilt sich, durch die Glastür nach draußen zu kommen, und läuft die Treppe zur Siedlung hinunter. Der König bleibt auf der Terrasse stehen, Wolken ziehen sich am Himmel zusammen, und das weiße Schloss verschwindet.

Sie stehen vor ihrem Haus und warten. Der Mitarbeiter, dessen Frau, Sofie und Lærke. Kaspar hält die Hände vor sein brennendes Gesicht, schubst Sofie zur Seite, geht ins Zimmer und nimmt die Posttasche, die Burka und die Sonnenbrille. Er schmiert sich mit After-Sun-Lotion ein, bedeckt das Gesicht und verbeißt sich die Schmerzen.

»Du hast es geschafft«, flüstert Sofie, »wir haben euer Geschrei gehört.«

Sie hebt die Burka hoch, vielleicht um ihn zu küssen.

»Sieh mir nicht ins Gesicht, schau auf die Erde«, sagt Kaspar.

Sie neigt den Kopf, während er das Geheimfach öffnet und ihr Miras Briefe reicht. Sofie setzt sich auf die Türstufe und verfolgt jedes einzelne Wort mit dem Finger, je weiter sie liest, desto schneller laufen die Tränen.

»Mira, Mira«, flüstert sie.

Dann atmet sie tief ein und blickt in Kaspars von der Burka verdecktes Gesicht.

»Du wolltest doch in die Pfingstferien fahren. Ich will dich nicht zurückhalten, aber warte einen Augenblick.«

Sofie holt einen Stift und Papier, schreibt einen Brief an Mira und reicht ihn Kaspar. Lærke hakt sich bei ihm unter.

»Wir müssen jetzt gehen«, sagt sie.

Kaspar nickt.

Inzwischen regnet es draußen, er beißt die Zähne zusammen und schneidet eine Grimasse im Dunkeln, um nicht zu schreien. Abgestorbene Hautfetzen lösen sich kräuselnd von seinem Gesicht, kullern unter der Burka hervor und flattern in der Luft umher.

Sie gehen langsam über den Fjell, Lærke fährt das Postauto hinunter nach Fåreheim, und Kaspar sitzt ganz, ganz still daneben.

Zu Hause im Postamt zieht Lærke die Gardinen zu, während Kaspar ein langes, kaltes Bad nimmt. Er reinigt sein Gesicht, deckt es mit sauberen Tüchern ab und legt sich ins Bett. Lærke kommt mit Wasser und Brot. Das Lamm verkriecht sich am Fußende.

»Wo ist dein Kind?«, stöhnt Kaspar unter den Tüchern.

»Ich habe es in der Siedlung begraben«, sagt sie, »da gehört es hin.«

Kaspar flüstert, sie solle das Radio aus der Küche holen und es anstellen, um Nachrichten zu hören.

Der Postbote im Krankenhaus ist wieder aufgewacht.

»Es war ein Wolf«, flüstert er aus seinem Krankenhausbett, »er war ziemlich groß und allein.«

»War sein Fell hell oder dunkel?«, fragt der Journalist.

Der Postbote zögert etwas.

»Ja, es war bestimmt sehr dunkel.«

Kaspar bedankt sich im Stillen bei dem Postboten und bewundert voller Ehrfurcht dessen Loyalität. Im Radio sagen sie, dass keine weiteren Wölfe entdeckt wurden und dass es sich deshalb um ein einzelnes umherstreunendes Tier gehandelt haben muss. In der nachfolgenden Meldung wird vorsichtiges Fahrverhalten im Umkreis von Fåreheim empfohlen. Eine große schwarze Schafherde ist vom Fjell ausgebrochen und in schnellem Tempo in Richtung Fåreheim unterwegs. Die letzte Nachricht des Tages berichtet, dass das Feriendomizil des Königs aufgespürt worden ist. Einige Fjellwanderer entdeckten ein bisher unbekanntes weißes Schloss auf dem Fjell nördlich von Fåreheim. Sie sahen den König zu einem goldenen Helikopter laufen, wurden misstrauisch und verständigten die Presse.

Lærke schaut aus dem Fenster. Sie sagt, dass einige Stradivariusschafe durch die Stadt tollen, sich mit den bunten Schafen aus Fåreheim vermischen und sich wahllos paaren. Ansonsten sehen die Menschen so aus, als würden sie Pfingsten genießen. Sie packen Picknickkörbe und fahren hinauf zum Fjell.

Am dritten Tag steht Kaspar auf und betrachtet sich im Spiegel. Die Haut hat sich erneuert, er gleicht sich selbst und nimmt die Verbände ab.

Lærke hat eine Zeitung gekauft. Darin sind Bilder von dem weißen Schloss zu sehen, und Gerüchten zufolge soll sich der König in sein Schloss in der Stadt zurückgezogen haben. Die Menschen rechnen mit dem Schlimmsten, die Umgebung des Schlossplatzes ist mit gelbgestreiften Plastikbändern abgesperrt.

Kaspar seufzt und krümmt sich im Bett zusammen. Lærke hat Rusks Matratze in sein Zimmer geschleppt und ihm ein Bett auf dem Fußboden hergerichtet. Jetzt, da Kaspars Gesicht wieder ganz mit schöner und zarter Haut bedeckt ist, zieht er sie an sich. Sie scheint verwundert darüber, dass er die Kraft dazu hat.

»Lærke«, sagt er und lächelt.

Sie erwidert sein Lächeln, leicht verlegen. Das Lamm

macht sich im Flur zu schaffen, Lærke sieht schnell nach ihm, so als fürchte sie, das Tier würde ihnen zuschauen.

»Ich habe dich sehr gern«, sagt Kaspar.

Sie flüstert bestimmt so etwas wie: »Mir geht es ebenso«. Er streichelt ihr über den Rücken, dreht sie auf die Seite und berührt die blaue samtartige Bluse.

»Ich fummle gleich ein bisschen herum«, sagt er.

Sie nickt und lässt ihn machen. Mit geschlossenen Augen und zitternden Händen knöpft er die Bluse auf. Kaspar denkt daran, wie schön ihre Brüste sein müssen, dass ihre Haut wie in seinen Träumen glatt wie Seide ist und dass die Hüften eine feste Rundung haben. Er zieht ihr die Bluse aus, kämpft mit dem langen Seidenrock und den hauchdünnen Strümpfen. Lærkes Unterhose ist winzig, sie besteht eigentlich nur aus ein paar Schnüren. Er legt sich auf sie und öffnet die Augen.

Die Brüste sind tütenartig, der Bauch allzu mollig und voller geplatzter Adern. Zwischen den Brüsten sind die Adern blaugrün und lang. Lærke zieht schnell die Bettdecke um sich und schubst seine Hände weg. Kaspars Glied erschlafft, er hat ein sonderbares sattes Gefühl im Bauch. Sie sieht ihn an.

»Entschuldigung«, sagt er, »ich glaube, ich kann nicht, vielleicht an einem anderen Tag?«

»Das ist schon in Ordnung«, sagt sie, »ich habe nie gedacht, dass zwischen uns beiden etwas läuft.«

Lærke zieht ihre Sachen wieder an, zuckt mit den Schultern und lächelt ein wenig. Sie steht auf, betrachtet sich im Spiegel und bringt ihre Haare in Ordnung.

»Wir sind auf alle Fälle vom König weggekommen und von all dem anderen dort«, sagt sie.

»Ja.«

»Und wir sind auch gute Freunde geworden.«
»Bestimmt.«
Sie nickt, dreht sich um und lächelt.
»Was willst du morgen machen?«, fragt Kaspar.
»Nichts.«
»Ich muss in die Stadt«, sagt er, »hast du vielleicht Lust mitzukommen?«

Gemeinsam bereiten sie das Abendessen zu. Trotz der blökenden Schafe ist die Welt sonderbar still. Wie ein langer Ton, an den man sich gewöhnt und den man bald nicht mehr hört. Sie schlafen in Kaspars Bett, halten sich umschlungen, aber nicht krampfhaft. Er wird nicht wach, wenn sie sich umdreht. Sie wird nicht wach, wenn er sich umdreht.

Am nächsten Morgen essen sie alles auf, was sich im Kühlschrank befindet, und packen die wenigen Sachen zusammen, die ihnen gehören. Lærke und Kaspar stehen in ihren Mänteln und schauen auf das Lamm. Man kann es auf gar keinen Fall hier zurücklassen, aber der Busfahrer wird es bestimmt nicht in seinem Bus haben wollen. Kaspar setzt sich auf den Fußboden, umfasst die Hinterbeine des Tieres, schert die Wolle tief ab und rollt das Schaf langsam zusammen wie einen Flokati. Es tritt etwas und gibt einen schwach pustenden Laut von sich, als die Luft herausgedrückt wird. Das Lamm passt jetzt ohne weiteres in Lærkes Lacktasche, der Kopf schaut heraus, und es rollt ein wenig mit den Augen hin und her. Lærke will etwas sagen, aber was gibt es da noch zu sagen?

Sie setzen sich ganz hinten in den Bus und amüsieren sich über die schwarzen Stradivariusschafe und die gescheckten aus Fåreheim, die umherlaufen und sich überall paaren. An der Tankstelle, vor dem Grillrestaurant, im Wartehäuschen an der Bushaltestelle und im Eingangsbereich des Supermarktes. Die Leute stehen nur da und schauen zu. Das Stradivariusschaf ist ja ein schönes Schaf, und wer will dessen Gene nicht in seiner Züchtung haben?

Während sie aus der Stadt und über die Berge fahren, hält Kaspar Ausschau nach Sofie.

Die Häuser der Großstadt erheben sich über Kaspar und Lærke. Auf den Straßen sind viele Menschen unterwegs, da die Sonne scheint und es der Samstag vor Pfingsten ist. Die Leute glotzen ihn an, Kaspar versteckt sein neurestauriertes Gesicht hinter Burka und Brille. Lærke hat immer noch die blaue Samtbluse und den Seidenrock an.

Als die Sonne untergeht und die Straßen vom Schatten getroffen werden, fragt Lærke, wo sie schlafen sollen.

»Ich weiß vielleicht einen Platz«, sagt er.

Sie gehen am Konzertsaal vorbei zu Mutters Wohnung. Einen Augenblick bleiben sie auf der anderen Straßenseite stehen und schauen hoch zu ihren Fenstern. Im Wohnzimmer brennt nur die kleine Lampe, die Mutter immer brennen lässt, wenn sie nicht zu Hause ist. Sie überqueren die Straße, und er liest die Namen an der Tür. Da steht noch Mutters Name, sie gehen durch die Pforte und um die Ecke in den Hof.

Die Gartenpforte quietscht, als er den Handgriff hinunterdrückt. Es bläst ein frischer Abendwind, das Gras ist hoch und feucht. Kaspar friert. Lærke rollt das Lamm aus, damit es etwas herumlaufen kann. Es schüttelt sich, so dass das Fell richtig fällt, und schnüffelt an den Blumen, die in der Frühlingsnacht weiß leuchten. Lærke öffnet den Mund

und will das eine oder andere fragen, aber Kaspar tut so, als wäre nichts. Sie schließt den Mund und tritt nach dem Gras.

Kaspar schirmt seine Augen seitlich mit den Händen ab und schaut durch die Glastür hinein in Mutters Zimmer, er erkennt die Gardinen wieder, das Sofa und die Regale. Auf dem Esstisch steht eine Vase mit verwelkten Blumen.

»Können wir nicht einfach einbrechen?«, sagt Lærke, »ich brauche dringend ein Bad, ich habe es heute Morgen nicht mehr geschafft.«

Kaspar antwortet nicht, stattdessen öffnet er die Tür zum Schuppen und holt die Gartenmöbel heraus. Die Polster riechen feucht und sauer. Er stellt den Liegestuhl zwischen dem Schuppen und dem Fliederstrauch auf. Sie legen sich dicht nebeneinander auf die Polster und decken sich mit den restlichen zu. Das Lamm springt hoch und ruht auf ihren Füßen wie ein schwerer Flokati. Schnell entspannt sich Lærke an Kaspars Seite. Sie atmet tief und regelmäßig.

Kaspar kann die Düfte aus der Wohnung im Garten wahrnehmen, denn sie strömen unter der Glastür hervor. Es ist der besondere Duft nach Elternhaus, den man nicht wahrnimmt, bevor man von zu Hause weggeht. Und dann wünscht man sich, man könne einen ganzen Sack damit füllen und für immer bewahren. Es ist der Duft von Mutter, von ihrem Parfüm, von ihrem Essen, ihren Blumen und Reinigungsmitteln. Kaspar besitzt bestimmt auch einen Duft, seinen eigenen, aber der folgt ihm überallhin, und deshalb lernt er ihn nie kennen. Mücken schwirren in der Luft, aber sie stechen nicht. Die Blumen im Garten schwanken im Wind und leuchten wie farbige Lichter oder Gesichter in der grünen Nacht.

Kaspar sieht hinauf zu den Sternen, den kleinen Sonnen, die so viel größer sind als die Sonne der Erde. Es kitzelt in seinem Finger, als er ihn hochstreckt und damit deutet. Jeder Stern ist ein Teil eines Musters, aber sie sind so weit voneinander entfernt, dass sie es selbst nicht erkennen können. Kaspar dreht sich auf dem Liegestuhl um und erblickt die Zwillingssterne Kastor und Pollux, die dicht beieinander ruhen und stark leuchten. Kaspar starrt sie an, und sie starren zurück. Die Sterne starren wie der König, als er Kaspars fremdes Gesicht sah. Nicht zornig, nicht väterlich, sonders irgendwie anders.

Er sieht sich im Garten um, dort sind so viele Erinnerungen. An der Stelle, an der der Gartentisch gewöhnlich stand, wuchs einmal eine Rosenhecke. Dort in der Ecke sprossen die ersten Frühlingsblumen. In der hintersten Ecke befand sich der Gedenkstein für die Amsel, vielleicht ist er immer noch dort? Der Name darauf war ja mit Nagellack geschrieben.

Als Mutter entdeckte, dass die Amsel tot war, und als Kaspar weinte, um seine Lüge zu vertuschen, sah sie ihn sehr lange an. Die Luft vibrierte, Mutter war wie eine schwarze Gewitterwolke, die nicht zögerte, Blitze zu werfen. Sie spuckte und fauchte.

»Ich habe nicht geglaubt, dass du lügen kannst, du hältst mich zum Narren, du hast Heimlichkeiten vor mir.«

Nachdem sie eine Zeit lang geschrien hatte, hörte sie auf. Mutter sah in sich selbst hinein, und der Blick veränderte sich. Sie starrte Kaspar an, und ihr Blick spiegelte sich in seinem. Sie standen sich unerschütterlich gegenüber, und Mutter sah etwas in ihm, was er selbst nicht sehen konnte. Nicht wie eine Mutter, die ihren Sohn ansah, sondern irgendwie anders. Es hatte etwas mit Blutsbanden zu tun.

»Ich habe mich geirrt«, sagte sie, »alle Menschen lügen.«

Sie holte tief Luft, so als wollte sie ihm etwas erzählen, aber Kaspar hörte nicht mehr zu. Er war schon draußen auf der Straße und kam erst am Abend nach Hause zurück. Da drückte die Mutter ihn an sich und sagte, dass sie ihn liebe.

Jetzt weiß Kaspar, dass Mutters Lüge größer war als seine. Er weiß, dass sie ihm vielleicht immer erzählen wollte, wer sein Vater war. Ihr Blick war der gleiche wie der, den der König ihm oben auf dem Fjell zugeworfen hatte. Ein Blick, wie ihn nur jemand zuwerfen kann, der sich zum ersten Mal nicht alleine fühlt.

Kaspar bohrt die Hände in seine Augen und rollt sich auf seiner Liege zusammen.

Von der Straße her erschallen Morgengeräusche. Die Vögel zwitschern im Garten, bald werden die Nachbarn aufstehen und zur Arbeit gehen. Kaspar und Lærke können nicht hier bleiben, die Nachbarn werden sie entdecken, selbst wenn sie sich tagsüber im Schuppen verstecken. Lærke geht zur Glastür und benutzt sie als Spiegel, sie ordnet ihr Kleid und richtet sich die Haare.

»Wir müssen etwas zum Frühstücken suchen«, meint sie.

Kaspar rollt das Lamm zusammen und steckt es in die Tasche.

Beim Bäcker kaufen sie auch eine Illustrierte. Sie setzen sich im Park auf eine Bank und lesen.

Ruhe vor dem Sturm, steht dort auf der ersten Seite. *Das Sommerschloss des Königs ist entdeckt worden, und die Touristen strömen dorthin, aber von Seiten des Hofes gibt es keinen Kommentar. Quellen aus dem näheren Umfeld Seiner Majestät zufolge hält sich der König im Schloss auf.*

Die Polizei befürchtet einen Wutausbruch, und eine große Menge von Polizisten befindet sich bereits auf dem Schlossplatz, um das Volk vor dem königlichen Angriff zu schützen.

Kaspar und Lærke essen das Brot. Auch über *die geheimnisvolle Schafzüchterin Sofie* steht etwas in der Zeitung. Jemand hat sie in der Nähe von Fåreheim gesehen.

Das ist schon in Ordnung«, sagt Lærke, »ich begleite dich gern, wenn du deine Mutter im Krankenhaus besuchst.«

Kaspar kauft einen schönen Strauß Blumen.

Das weiße Krankenhaus liegt an einer Bergseite und ist umgeben von Tannen. Er bemerkt den stechenden Geruch nach Motoröl, der jedes Mal auftritt, wenn der Bus anhält und sich die Türen öffnen. Lærke starrt vor sich hin und hat genug damit zu tun, das Lamm zu besänftigen, damit es ruhig bleibt.

Kaspar hat seine Mutter zu allen Jahreszeiten besucht. Hinter jedem einzelnen Baum verbergen sich Sorgen, jede Kurve erinnert an Hoffnung und Angst. Er schaut unter die dunklen Fichten, um zu sehen, ob dort vielleicht ein Zeichen erkennbar ist. Er ist so oft hier gewesen, dass er das Erwachen des Frühlings schon sieben Mal miterlebt hat. Er hat gesehen, wie das Herbstlaub fällt und wie der Winter mit Eis und Schnee kommt.

Der Bus hält am Krankenhaus, er braucht nicht einmal den Halteknopf zu drücken. Es gibt immer einige, die aussteigen wollen, und man kann deutlich erkennen, wer einen Besuch auf der Entbindungsstation machen will, wer einen Krankenbesuch abstatten möchte oder wer zum Dienst muss. Kaspar nickt dem Busfahrer zu, der ihn erkennt, obwohl er die Burka trägt.

Es ist das angesehenste Krankenhaus der Stadt, mit Blumenkübeln und schöner Kunst an den Wänden. Es ist das Krankenhaus, in dem die Krankenschwestern am liebsten arbeiten wollen. Kaspar und Lærke fahren mit dem Aufzug zur obersten Etage. Von dem Aufenthaltsraum der Patienten hat man eine Schwindel erregende Aussicht. Hier hat er viele Male gesessen, während man sich um die Mutter kümmerte. In dieser weißen Welt nimmt er die Burka und die Sonnenbrille ab. Eine Krankenschwester kommt ihnen entgegen.

»Kaspar«, sagt sie.

Lærke hält dem Lamm das Maul zu, damit es nicht blökt.

»Du bist gekommen, das ist gut, wir haben lange gewartet. Ich bin gespannt, was sie zu dir sagt. Es ist ja sehr auf und ab gegangen mit ihr, aber dieses Mal, man soll es ja selbstverständlich nie beschreien …«

Die Krankenschwester flüstert.

»… aber diesmal kann es durchaus das Ende sein. Du solltest dich darauf vorbereiten, dass sie sehr dünn geworden ist. Sie hat geschlafen, aber ich glaube, jetzt ist sie wach. Lass uns hineingehen.«

Die Krankenschwester bewegt sich langsam den Gang entlang, sie folgen ihr, das Licht wechselt, draußen ziehen Wolken vorbei. Sie bleibt stehen und winkt ihnen zu.

»Du kannst jetzt hineingehen«, sagt sie.

Lærke schlägt das Lamm so fest, dass es sich duckt. Sie sieht Kaspar verwirrt an, lächelt ein wenig und wedelt mit der Hand, als hätte auch sie gerne einen Blumenstrauß.

Ein Fenster steht offen, und die Luft weht den säuerlichen Geruch hinaus. Kaspar geht langsam auf das Bett zu, die Mutter hebt den Kopf und starrt traurig vor sich hin.

»Was?«, brummt sie.

Das Lamm rumort in der Tasche, seine Wolle wächst und wächst, die Tasche geht aus dem Leim, das Lamm springt heraus und läuft hin zu Mutters Bett. Mutter zischt es an, sie hat ebenfalls Schlangenaugen.

»Weg«, sagt sie, »geh weg!«

Aber es bleibt ruhig stehen und legt sich dann unter das Bett. Kaspar hat Bauchschmerzen, Lærke kaut an ihren Nägeln.

»Mutter«, sagt er.

Sie versucht, streng zu wirken.

»Na, das ist Kaspar, es ist lange her. Ich glaube nicht, dass die Post so funktioniert, wie sie sollte.«

Sie macht eine Pause und schnappt nach Luft.

»Es ist gut, dass du es geschafft hast, mich noch lebend anzutreffen. Du weißt ja nicht, wie das ist, Tag für Tag hier zu liegen. Du streifst ja nur im Fjell herum und ruinierst deine Haut. Du kannst leicht so enden wie ich, wenn du nicht aufpasst.«

Er räuspert sich und nickt. Es ist lange still.

»Es gab so vieles, was ich dir gerne erzählen wollte, als ich dir die Briefe schrieb, aber jetzt weiß ich nicht, ob ich es kann.«

Mutter spuckt aus dem Mund, wenn sie redet. Die Krankenschwester hat erzählt, dass die Krankheit in manchen Fällen zuletzt das Gehirn angreift. Entweder werden die Menschen zu Engeln, oder sie sind voller Angst, oder sie werden religiös oder verbittert.

»Ich habe Lærke mitgebracht«, sagt er.

Lærke kommt einen Schritt näher.

»Ich kenne dein Gesicht«, sagt Mutter.

»Sie spielt sehr gut Flöte.«

Mutters Wangen bekommen etwas Farbe. Lærke wirft Kaspar einen wütenden Blick zu, bleibt aber stehen.

»Lærke ... es gab einmal eine Flötenspielerin, die hieß Lærke. Ich habe alles über sie gelesen. Sie sollte hier in der Stadt ein Konzert geben. Ich stand einen halben Tag in der Schlange an, um Karten zu bekommen. Aber sie wurde während des Konzertes ohnmächtig, und wir mussten nach Hause gehen. Danach war ich nie mehr in einem Konzert mit Lærke. Ich habe eine CD, aber das ist nicht dasselbe.«

Lærke tritt etwas zur Seite, Mutters Augen verschleiern sich. Sie liegt lange Zeit ganz still, und Kaspar und Lærke sind nahe daran zu gehen, weil sie denken, dass sie eingeschlafen ist. Dann hebt sie plötzlich den Kopf und schaut Kaspar an.

»Ich habe viel nachgedacht, Kaspar«, sagt sie, »man kann ja hier nicht viel anderes tun. Ich habe mir gedacht, dass man sich an die Wahrheit halten sollte.«

Mutter holt tief Luft, die Lungen rasseln.

»Eine meiner größten Aufgaben bestand darin, einige Säle für den König einzurichten. Das war ein Job, der zu vielen weiteren Jobs führte. Seitdem kam ich gut zurecht, obwohl ich mit dir alleine war.«

Mutter versucht sich aufzusetzen, Kaspar rückt ihr die Kissen zurecht.

»Ich habe beschlossen, dass du wissen sollst, wer dein Vater ist.«

»Aber ich will nicht wissen, wer mein Vater ist.«

»Das hast du doch immer gewollt.«

»Nein!«

»Schon als du ein Kind warst, wollte ich es dir sagen. Vielleicht wirst du eines Tages sein Gesicht in deinem wiedererkennen. Die Klatschpresse war ja hinter uns her. Ich liebte den König so sehr, dass ich direkt in sein Gehirn und sein Herz sehen konnte. Ich glaube nicht, dass andere ihn je zuvor so gesehen hatten. Er war nicht gesund, er konnte es nicht ertragen, dass die Menschen ihn anschauten, und ihre Blicke fraßen ihn langsam auf. Er überlegte abzudanken, aber er war ja so bekannt, dass die Leute trotzdem nach ihm geguckt hätten. Der König wollte mich heiraten, aber als ich entdeckte, dass ich schwanger war, musste ich mich entscheiden.«

Sie atmet schwer.

»Ich wählte dich, Kaspar, denn du warst in mir drin. Ich wollte nicht, dass du dasselbe Schicksal erleiden musst wie dein Vater. Dieses Schicksal wünsche ich niemandem. Ich verließ ihn, und kurz danach brach seine Krankheit aus, so dass alle es sehen konnten.

Als du geboren wurdest, ging ich mit dir nicht aus dem Haus, damit dich keiner wiedererkennt. Du warst sehr blass, und manchmal vermutete ich, dass du vielleicht ein Albino bist. Ich las alle Bücher dieser Welt und ging dann zuletzt zu einem Arzt mit dir. Er sagte, dass er auf diesem Gebiet kein Experte sei und spontan überhaupt nichts dazu sagen könne. So knallte ich ihm die Bücher, die ich gelesen hatte, auf den Tisch und sagte, dass er sofort anfangen könnte, sich über das Thema zu informieren. Der Arzt seufzte sehr tief, als ich aus dem Zimmer ging. Aber dass er am Tag danach einfach an einem Infarkt sterben würde, damit hatte ich nicht gerechnet. Später hörte ich, dass er sich schon über einen längeren Zeitraum müde gefühlt hatte.«

Mutter hustet und kämpft mit der Luft.

»Ich erhielt die Erlaubnis, in deine Karteikarte zu schauen, und sah, dass er darin vermerkt hatte, dass du an Albinismus leidest. Da war ich sicher, und es war aus verschiedenen Gründen ein Glück. Du warst gezwungen, viel drinnen zu sein, und wenn wir bei Sonnenschein nach draußen gingen, musstest du einen Hut und eine Sonnenbrille tragen. Bei trübem Wetter, wenn du dein Gesicht zeigen konntest, bemerkten die Leute nur, dass du sehr weiß warst. Sie sahen überhaupt nicht, dass einige deiner Gesichtszüge an die des Königs erinnerten.«

Mutter seufzt.

»Eine Zeit lang bekümmerte es mich, dass die Menschen dich wegen deiner Blässe so anglotzten. Vielleicht würdest du trotzdem aufgefressen. Aber du erhieltest nicht die gleichen Blicke wie dein Vater. Die Menschen lasen in den Illustrierten über den König, und sie kannten sein Privatleben. Aber wenn du auf der Straße gingst, warst du nur ein ungewöhnliches Gesicht. Die Blicke der Leute bohrten sich nicht besonders tief in dich hinein.«

»Mutter«, flüstert Kaspar, »das interessiert mich alles überhaupt nicht.«

»Jeder muss wissen, wer sein Vater ist«, sagt Mutter.

»Ich habe Väter gehabt. Da gab es Opa, aber da war auch noch ein anderer. Er lebt nicht mehr, aber er war Postbote, genau wie ich.«

»Ich erzähle dir von deinem Vater, damit du die Chance hast, dich zu entscheiden«, flüstert Mutter, »Kinder können in Unwissenheit leben, aber Erwachsene müssen Bescheid wissen. Du hast die Chance, ein ganzes Land zu erben. Du wirst ganz oben an der Spitze stehen, du wirst …«

Mutters Stimme bricht, sie schlägt mit den Händen auf

die Decke und schnappt nach Luft. Kaspar drückt die Klingel, Lærke fängt das Lamm ein und stopft es in die Tasche. Eine Krankenschwester kommt angelaufen und gibt Mutter eine Spritze.

»Kommt mit hinaus«, flüstert sie.

Kaspar und Lærke folgen ihr in das Schwesternzimmer. Die Krankenschwester erzählt, dass der Krebs sich ausgebreitet hat. In jedem Blutstropfen befindet sich eine Spur davon, in jedem Organ wächst eine Geschwulst. Der ganze Körper greift sich selbst an, ist eine tickende Bombe.

»Wir können nichts anderes tun, als sie gut zu betreuen«, sagt die Krankenschwester, »und selbstverständlich auf ein Wunder hoffen. Das Beste, was wir für sie tun können, ist, ihr Musik vorzuspielen. Sie hat sich einen Discman gekauft und hört immer wieder dieselbe CD. Du solltest sie sehen, wenn ihre Wangen wieder Farbe bekommen, wenn sie die Augen schließt und in Träumereien versinkt. Plötzlich ist ihr Gesicht nicht länger nur ein Ausdruck von Schmerzen.«

Kaspar nickt und beginnt zu weinen. Er weint so, dass sein Hemd triefend nass wird. Die Krankenschwester und Lærke lassen ihn weinen, sie sitzen nur da und schauen. Als er sich beruhigt, hebt Lærke die Hand und trocknet sein Gesicht. Sie nimmt seinen Arm, und sie verlassen das Krankenhaus.

Lærke redet nicht besonders viel, sie hält Kaspar leicht an der Schulter fest und tätschelt das Lamm. Gegen Abend erhebt sie sich von der Liege im Garten und geht los, um eine Telefonzelle zu suchen. Sie kennt einen Orchestermusiker, der hin und wieder ein Zimmer vermietet.

Lærke kommt schnell zurück.

»Wir können sofort einziehen«, sagt sie.

Die Leute schauen sie an, als sie auf der Straße laufen. Kaspar und Lærke gehen dicht nebeneinander, so dicht, dass sie fast wie ein Körper aussehen.

Der Orchestermusiker empfängt sie mit einem kurzen Händedruck, er heißt Jack und spielt Fagott. Als Lærke sagt, dass er niemandem erzählen solle, dass sie hier sind, flüstert Jack: »Willkommen«.

Jack serviert Tee und Wurstbrote und tut so, als hätte er das Lamm nicht gesehen. Er trägt einen schwarzen Blazer, ist um den Bauch etwas füllig und ansonsten unbestimmbaren Alters. Jack legt etwas von Bach auf, und als Kaspar ihn fragt, ob er auch ein Glas Wasser habe, stürzt er in die Küche und holt es.

Jack und Lærke diskutieren über die Bachinterpretation. Ob da nicht zu viel Schwere im Bogenstrich sei, ob der Cellist nicht vielleicht einige Tempoangaben in der Bourrée missverstanden habe oder ob er nur generell im Wiener Klassizismus gefangen sei. Kaspar ist auf dem Weg ins Bett.

»Oh«, entschuldigt sich Jack, »ich will euch nicht mit all meinem Geschwafel aufhalten.«

»Es ist lange her, dass ich mich fachlich mit jemandem unterhalten konnte«, lächelt Lærke.

Kaspar geht ins Zimmer und macht das Gästebett zurecht, bald kommt auch Lærke, und sie legen sich ins Dunkel.

»Könntest du dir vorstellen, etwas für mich zu spielen, bis wir schlafen?«

»Nein«, sagt Lærke.

Er liegt lange da und kann nicht einschlafen. An einer Stelle, ganz hinten in seinem Kopf, läuft er ständig auf dem Fjell herum. Er erinnert sich an den Duft von Flechten und

Weiden. Er hört das Kullern der Kieselsteine unter seinen Füßen.

Kaspar besucht die Mutter jeden zweiten Tag. Lærke begleitet ihn immer, sagt aber nichts. Sie hat ihre großen Konzertroben unten in die Schublade unter dem Bett gepackt. Stattdessen hat sie sich einen schwarzen Rock und eine Bluse gekauft.

An einigen Tagen kann die Mutter aufstehen. Sie stolziert umher wie ein Hirsch auf ihren langen Beinen und hält sich an Wänden und Türrahmen fest, um nicht zu fallen. Sie gibt Kaspar Geld, damit er die feinsten Parfüms für sie kauft, und sie schickt ihn los, um ihren Schmuck aus dem Banktresor zu holen. Dann sitzt sie im Aufenthaltsraum, näht mit einem Seidenfaden und will nur Champagner und Austern haben, obwohl sie eine Vergiftung durch Schalentiere niemals überleben würde. Kaspar muss dabeisitzen, lächeln und die grauen Rotzklumpen hinunterschlucken, die in ihren Schalen herumschwappen.

»Du bist mein Prinz«, sagt sie, »und ich bin die Königin des Landes.«

Die Leute glotzen, erheben sich und gehen.

»Man braucht sich nicht alles gefallen zu lassen«, zischt sie und wirft ihnen Schlangenblicke zu, »man ist schließlich, wer man ist.«

Die Mutter bekommt eine Spritze und wird ins Bett gebracht. Kaspar unterhält sich mit einer der Krankenschwestern.

»Es ist traurig«, sagt sie, »es gibt so vieles, was deine Mutter gerne erreichen würde. Wenn sie nicht gerade davon spricht, zu einem Konzert mit der berühmten Flötistin Lærke zu gehen, will sie nach Japan reisen. Sie hat schon immer davon geträumt, in einem Tempel am Meer zu sitzen und zu meditieren. So möchte sie gerne sterben, hat sie gesagt. Sie hat schon mit mehreren Reisebüros gesprochen. Wir haben versucht, sie davon abzuhalten, denn sie hat nicht die Kraft dazu. Dann bricht sie zusammen, weint und sagt, dass man kann, was man will.«

Die Krankenschwester seufzt.

»Die meisten unserer todkranken Patienten sind ansonsten eher froh, wenn sie einen letzten Ausflug mit ihrer Familie hinauf in den Fjell machen können.«

An einigen Abenden holt Lærke ihre Flöte heraus, putzt sie und setzt sie zusammen. Sie bläst etwas hinein. Es klingt wie Wind, der um Hausecken pfeift. Kaspar setzt sich hin und hört zu.

»Du kannst dich ruhig entspannen, ich spiele wirklich nichts. Das hier dient nur dazu, die Finger beweglich zu halten«, sagt sie.

Die Mutter will sich auf dem Laufenden halten, Kaspar kauft alle Illustrierten für sie, die es gibt. Es gibt einen Artikel über die Königssiedlung, wie sie jetzt genannt wird. Mutter hält die Zeitung mit ihren rotlackierten Fingernägeln fest und liest laut vor. Da steht, dass die Wald- und Naturbehörde alles dafür tun werde, um die seltenen Stradivariusschafe zu schützen, selbst wenn die Kommune plant, einen Tunnel zur Siedlung zu bauen. Nachdem die Schafzüchterin Sofie spurlos verschwunden ist, besitzt der Staat das Verfügungsrecht über die Siedlung und hat nun beschlossen, dort einen Naturpark anzulegen. Es gibt ein Interview mit dem Mitarbeiter und seiner Frau, die darin erzählen, wie sie ihren Ruhestand genießen werden.

Sie wollen so gerne reisen und etwas häufiger ins Kino gehen.

Der König befindet sich bestimmt in seinem Schloss. Ein Pizzabote, den der König bestellt haben soll, wurde am Tor beobachtet, und jemand sah, dass der König selbst im Schlafrock kam und bezahlte. Die Polizei hält immer noch Wache am Schlossplatz, und viele Menschen fühlen sich unsicher. Zum Schluss steht da noch, dass die alte Postroute über den Fåreheimfjell eingestellt wurde. Wenn es bald den neuen Tunnel geben wird, ist sie nicht länger nötig.

Kaspar läuft aus Mutters Zimmer und knallt die Tür zu. Er fährt mit dem Bus nach Hause, wirft sich aufs Bett und weint in Jacks alte Matratze hinein. Laerke streicht ihm über den Rücken, und Kaspar kann nur sonderbare Laute hervorbringen.

Kaspar weiß nicht einmal, dass Lærke die Flöte mitgenommen hat. Zwei Tage später hält er Mutters Hand, als im selben Augenblick aus der anderen Ecke des Zimmers Töne erklingen. Mutter setzt sich im Bett aufrecht hin.

»Lehn dich zurück«, sagt Lærke.

Die Mutter legt sich erschrocken hin, und Lærke spielt so schön wie nie zuvor. Kaspar sieht Bäume wachsen, und es öffnen sich große Höhlen. Überall flattern Engel, auch dort, wo gar kein Sonnenlicht ist.

»Das ist ja Lærke«, flüstert Mutter, »die berühmte Flötistin. Wie ist das schön.«

Die Mutter wird jünger. Vielleicht jünger, als er sie jemals gesehen hat. Lærke spielt zwei Stunden lang, die Wolken bewegen sich nicht, keine Krankenschwester kommt zur Tür herein, es sieht so aus, als würde Mutter nicht atmen. Doch als der letzte Ton in das weiße Zimmer schwebt, öffnet sie langsam die Augen und atmet wieder. Sie lächelt lange, und die Augen verwandeln sich in Kinderaugen. Unbemerkt verschwindet Lærke durch die Tür hinaus.

Die Mutter geht mit Kaspar bis zum Aufzug, ihre Schritte sind erstaunlich sicher.

Zu Hause in der Wohnung sagt Lærke, dass sie eine Wohnung gefunden hat, die sie nicht ablehnen kann. Kaspar kann aber ohne weiteres das Zimmer bei Jack behalten. Er nickt und versteht. Sie packt ihre Sachen zusammen.

Als Kaspar die Mutter wieder besucht, hat sie ein Ticket nach Japan gebucht.

»Komm«, lächelt sie, »das Taxi steht unten und wartet«.

Die Krankenschwestern stehen draußen auf dem Gang und verabschieden sich. Sie drücken die Hände und nicken, wie es üblich ist. Auf dem Weg zum Aufzug flüstern die Krankenschwestern ihm zu, dass Mutters Zimmer immer bereit steht, falls sie zurückkommen sollte. Wahrscheinlich schafft sie es nicht weiter als bis zum Flughafen. Sie dreht bestimmt wieder um, wenn sie die Flugzeuge starten und landen gesehen hat.

Im Taxi erzählt die Mutter, dass sie einen Tempel gefunden hat, in dem sie wohnen kann, und dass die Menschen sie dort gerne bei sich hätten. Die Mutter und Kaspar steigen am Flughafen aus, Mutter schubst ihren Gehwagen in die Reihe der Kofferwagen und stolpert in die Abflughalle.

Die Stewardess schaut sie misstrauisch an, als Mutter das Ticket über den Schalter reicht.

»Bist du eine Begleitperson?«, fragt sie Kaspar.

»Nein«, sagt die Mutter, »ich reise alleine.«

Die Stewardess schaut ihn erneut an, aber er sagt nichts.

»Aber haben Sie denn gar kein Gepäck dabei?«

»Doch, Handgepäck«, sagt die Mutter und wedelt mit einer roten Lacktasche.

Die Stewardess lächelt keck.

Die Mutter und Kaspar stehen sich gegenüber.

»Mach es gut«, sagt sie, »schreib nicht.«

»Nein«, sagt Kaspar.

Sie lächelt, der Mund wirkt durch all den Lippenstift groß. Sie küsst ihn, und sie umarmen sich. Ihr Körper ist so zerbrechlich, dass er zwischen seinen Händen zerfallen könnte.

»Verzeih mir«, flüstert sie, »ich kann nicht akzeptieren, dass ich krank bin.«

Die Mutter fährt die Rolltreppe hinauf, und er bleibt stehen, bis sie nicht mehr zu sehen ist. Alles ist so still, als Kaspar die Abflughalle verlässt. Die Flugzeuge starten und landen mit ihren großen Motoren, aber er hört nichts.

Ein gefasstes Herz/Der Leib entblößt im Wetter/Der Wind durchweht mich. So flüstern sie.

An einem frühen Abend trifft er Lærke zufällig auf der Straße. Sie hat es eilig, fragt aber trotzdem, ob er eine Eintrittskarte für das Konzert am Abend haben will. Er brauche sich nur an das Personal am Kartenschalter zu wenden und von ihr zu grüßen.

Kaspar steht im Foyer des Konzertsaals und wartet mit der Eintrittskarte in der Hand, als der Gong zum dritten Mal ertönt und er somit aufgefordert wird hineinzugehen. Auf beiden Plätzen neben ihm sitzt jemand, aber keiner davon ist Lærke. Er blättert im Programm vor und zurück. Kein Solist trägt ihren Namen. Das Licht wird gedämpft, und die Musik beginnt. Kaspar leuchtet, und die Leute drehen sich irritiert nach ihm um, und er lässt sie denken, was sie wollen. Erst als Kaspar die Augen schließt, kann er tief durchatmen. Er spielt mit den Fingern auf seinem Knie und folgt den Tönen, wohin sie wollen. Später öffnet er die Augen und schaut zu den Musikern, die dort sitzen, hoch konzentriert in ihren schwarzen Anzügen und Kleidern. Kaspar sucht die Stelle, wo die Flötistinnen sitzen, und traut seinen eigenen Augen kaum, als er Lærke zwischen drei weiteren Flötistinnen sitzen und spielen sieht. Sie schaut genau wie diese in die Noten, und ihre Töne sind von denen der anderen nicht zu unterscheiden. Aber die Flöte ist aus Gold. Lærke sitzt ruhig zwischen flötenden, streichenden, blasenden und trommelnden Menschen. Ab und zu blickt sie von den Noten auf, und er weiß, dass sie das Ganze auswendig kann.

Kaspar wartet im Foyer, Lærke kommt heraus und umarmt ihn. Ihr Rücken ist ganz feucht.

»Komm mit«, sagt sie und zieht ihn eine Hintertreppe hinunter.

Sie gehen dunkle Gänge entlang, überall sind Leute, die sich abschminken, Leute, die mit Blumen herumlaufen oder Instrumente zusammenpacken. Es riecht nach Staub, Schweiß und Farbe. Lærke öffnet die Tür am Ende des Ganges.

»Hier ist meine Wohnung«, sagt sie und dreht sich um, »meine alte Lehrerin hat sie mir besorgt. Sie befindet sich genau unter der Bühne, ich kann die Menschen dort oben herumtrampeln hören. Es gibt keine Fenster, aber dafür kann ich alle Konzerte hören und die Proben verfolgen. Durch den Luftschacht bläst der Wind, und so weiß ich außerdem, wie das Wetter ist.«

Sie kocht Wasser für Pulverkaffee, sie setzen sich, reden von alten Zeiten und lachen miteinander. Als Kaspar aufsteht, um zu gehen, fragt sie nach dem Lamm.

»Ja aber, ist es denn nicht bei dir?«, sagt er, »es ist verschwunden, als du gegangen bist.«

»Nein«, sagt sie, »ich habe es bei dir gelassen.«

Sie starren sich staunend an.

»Aber es kann doch nicht alleine durch die Straßen laufen«, sagt sie.

Kaspar wandert in seinem Zimmer auf und ab, obwohl es klein ist. Jack hat auf dem Küchentisch die neueste Illustrierte liegen lassen, und er hat sie gelesen. Auf einem großen Bild ist Sofie zu sehen. Es ist gespensterhaft unscharf und vielfach vergrößert, aber sie ist es ganz sicher. Sofie ist auf der Landstraße von Fåreheim hierher in die Stadt unterwegs. Man kann ihren Gesichtsausdruck nicht erkennen, aber ihre Gestalt ist aufrecht.

Einige Wochen vor Mittsommer bürstet Kaspar seine Uniform aus, schnürt die Stiefel und nimmt die Posttasche über die Schulter. Er sieht nach, ob sich Sofies Brief an Mira immer noch im Geheimfach befindet. Kaspar schmiert sich gut mit Sonnencreme ein, setzt Hut und Brille auf und geht ins Mirasol-Center, das hinter dem Konzertsaal liegt. Es riecht nach Schweiß, Sonnencreme, Salz und Hitze.

Er tritt einen Schritt zurück.

»Kann ich dir helfen?«

Hinter der Theke steht ein braun gebranntes Mädchen mit großen Brüsten. Sie trägt eine enge Bluse und zeigt ein weißes Lächeln. Aus dem Lautsprecher ertönt Popmusik.

»Bis zwölf Uhr haben wir Supersol im Sonderangebot«, sagt sie.

»Ich vertrage keine Sonne.«

»Hm«, sagt sie und schaut ihn an.

»Ich suche Mira.«

»Ach, die Chefin. Sie ist heute nicht hier. Mira reist herum und besucht alle Sonnenstudios, um zu sehen, ob alles so ist, wie es sein soll. Irgendwann kommt sie sogar hier vorbei.«

»Danke«, sagt Kaspar, »kann ich warten?«

»Ja.«

Er zieht sich eine Limonade am Automaten, setzt sich auf die Holzbank und tut so, als lese er in einigen Zeitschriften. Kaspar wippt mit dem Fuß im Takt der Musik und schaut schnell immer mal zu den Mädchen hinüber, die ihre blonden Haare schwenken, während sie mit ihren langen Beinen herumrennen und die Solarien mit Spiritus reinigen.

In der Zeitschrift ist ein Artikel über den König. Jetzt hat er sich bereits seit einem Monat in seinem Schloss verschanzt. Die Polizei überlegt, Tränengas durch die Fenster zu werfen, um ein Lebenszeichen von ihm zu erhalten.

Kaspar legt die Illustrierte weg und beobachtet ein wenig die Kunden. Es ist deutlich zu sehen, wer jede Woche kommt und wer zum ersten Mal hier ist. Die neuen schauen sich um, fragen nach den Preisen und wie das Ganze so abläuft. Lichtscheu gehen sie in die Kabine hinein und schließen ab. So als müsste gute Farbe in Wirklichkeit von innen kommen.

Kaspar wartet viele Tage lang. Er kommt, wenn das Sonnenstudio öffnet, und er geht, wenn es schließt. Jetzt wissen die Mädchen auch, wie er heißt. Sie plaudern jeden Tag ein wenig mit ihm und fragen, ob er nicht etwas Sonne möchte. Das würde die Farbe etwas auffrischen. Er antwortet jeden Tag, dass er nicht gesund sei und keine Sonne vertrage. Das weiß jeder. Kaspar fragt sie, ob sie schon einmal etwas von Albinismus gehört hätten, einer Krankheit, die durch einen Enzym-Defekt verursacht wird, bei dem ein Mangel an Tyrosinase vorliegt, die die Aminosäure Tyrosin abbauen soll, die man durch die Nahrung aufnimmt. Wenn es nicht abgebaut werden kann, wird sie im Körper gespeichert und führt zur Unterpigmentierung der Haut.

»Nein, ich glaube nicht, dass ich davon schon mal etwas gehört habe«, sagen die Mädchen jeweils, befeuchten mit der Zunge die Lippen und machen einen Schmollmund.

Dann kichern sie und lassen ihn für den Rest des Tages in Ruhe.

Nachdem er fast zwei Wochen auf der Bank gesessen hat, kennt er die meisten Kunden. Sie werden immer brauner. Einige sehen ganz afrikanisch aus und verlassen mit stolzgeschwellter Brust das Sonnenstudio.

»Kaspar, probier es jetzt mal«, sagen die Mädchen und wackeln mit den Pobacken in den knappen Hosen, »du kannst ja auch die Gesichtssonne ausstellen und die Zeit auf eine Viertelstunde begrenzen, das hat noch niemandem geschadet.«

Ein Kunde kommt vorbei und gibt die zwei schwarzen Plastikteile zurück, die man auf den Augen haben muss, wenn man unter dem Solarium liegt.

»Das ist besser, als eine Sonnenbrille zu tragen«, sagt eines der Mädchen, »denn sonst bekommt man Augen wie ein Panda, und das ist richtig hässlich.«

»So, Kaspar, die Sonne drei ist frei«, sagt das Mädchen, das am meisten lächelt. Sie arbeitet zwischendurch auch mal als Modell. Das kann man verstehen.

»Ich mache dort noch etwas mit Spiritus sauber«, sagt sie, »komm mit, dann kann ich dir zeigen, wie es funktioniert.«

Sie betritt eine Kabine, beugt sich über das Solarium und erklärt, welche Knöpfe er drücken muss. Dann wirft das Mädchen die Tür zu und geht. Kaspar weiß, was zu tun ist. Sich ausziehen, hineinlegen, den oberen Teil des

Solariums herunterziehen, die Plastikaugen aufsetzen, auf Gesichtssonne stellen und auf den schwarzen Knopf drücken.

»Denk dran, die Sachen auszuziehen«, ruft das Mädchen von draußen.

Kaspar kann ihr Parfüm riechen, er steht ganz still, sie klopft.

»Denk dran, die Tür abzuschließen.«

Er zieht seine Sachen aus, schmiert sich mit Sonnencreme ein, drückt auf den schwarzen Knopf und bleibt stehen. Ein flimmerndes blaues Licht breitet sich in der Kabine aus. Er findet, dass seine Haut brennt.

»Du liegst ja gar nicht«, sagt das Mädchen, »ich kann deine Füße sehen.«

Kaspar ruft die eine oder andere Hässlichkeit, öffnet schnell das Solarium und krabbelt hinein. Das blaulila Licht ist so grell wie das Licht auf einem Gletscher, aber hier ist es warm. Er schließt die Augen, und dann fällt ihm ein, dass er die schwarzen Plastikaugen vergessen hat. Kaspar versucht, sich zu entspannen und sich nicht um abgeschälte Haut und Schmerzen zu kümmern. Wenn die Mädchen erst sehen, was mit ihm passiert, bedrängen sie ihn bestimmt nicht weiter. Es kribbelt auf der Haut.

Nach fünf Minuten ist es genug. Er öffnet das Solarium, springt heraus und betrachtet sich im Spiegel. Einen Augenblick lang wirkt die Haut ganz blau. Das Mädchen klopft an die Tür und fragt, ob es ihm gut gehe. Kaspar zieht sich schnell an. Es tut nicht weh, die Haut fühlt sich nur lauwarm an. So als habe er vor einem prasselnden Kaminfeuer gesessen.

Als Kaspar nach Hause kommt, zieht er sich ganz aus. Die Haut ist gar nicht verbrannt, sie ist tatsächlich etwas braun geworden. Er steht lange da und schaut sich in die Augen.

Am nächsten Morgen ist Kaspar um sieben Uhr wieder da. Er versteckt sich hinter einer Illustrierten, so dass die Mädchen sein Gesicht nicht sehen können. Die von gestern kommt zu ihm. Sie hockt sich hin und schaut zu ihm auf.

»Du hast ja etwas Farbe bekommen«, sagt sie, »aber du kannst ohne weiteres noch etwas mehr vertragen.«

»Nein«, sagt er.

»Es sind gerade einige Sonnen frei, bald wimmelt es hier von Menschen, es ist ja Freitag, und dann kann ich dir keinen Platz mehr garantieren.«

Kaspar seufzt und erhebt sich. Das Mädchen reicht ihm ein Paar Plastikaugen, er lässt eine Hand vorsichtig über ihren zarten Arm gleiten und geht hinein und schmiert sich mit Sonnencreme ein. Dieses Mal hält er die ganze vorgegebene Zeit durch. Er kneift die Augen um die schwarzen Scheiben zusammen und hört Popmusik, die sich langsam entfernt. Kaspar plantscht in warmem Salzwasser herum, einen Augenblick lang ist es so, als schwebe er im blauen Meer. Er holt tief Luft.

Plötzlich ertönt ein Klicken, und im Solarium wird es gnadenlos kalt. Es zieht unter den Trennwänden der Kabine, er friert, steht auf und blinzelt mit den Augen, bis das Blau verschwindet. Aus dem einen oder anderen Grund ist ihm zum Heulen. Kaspar zieht sich an und trinkt eine Menge Limonade.

»Wie oft kann man ins Solarium gehen?«, fragt er.

»Am besten nicht mehr als zweimal pro Woche«, sagt das Mädchen, zuckt mit den Schultern und wackelt mit dem Hintern.

Er setzt sich auf die Bank und wartet mit verschränkten Armen.

Allmählich wagt Kaspar es auch, die Gesichtssonne anzustellen. Langsam entwickelt sich der Körper. Die Haut tritt hervor, und die Konturen des Gesichts werden deutlicher. Er hat tatsächlich einige Züge mit dem König gemeinsam, aber ansonsten ist es sein eigenes Gesicht. Das ist recht schön.

Aber da ist auch etwas, was nicht passt. Er glaubte, er könnte die Engel tanzen sehen, als er unter dem Solarium lag. Aber es sieht so aus, als kämen sie nur im richtigen Sonnenlicht.

Kaspar liest Zeitschriften und wartet. In einem Artikel ist zu lesen, wie unterschiedlich Prominente Sommerferien machen. Mira wird auch befragt. Es ist ein unscharfes Bild von einer Frau zu sehen, die am Strand liegt. Die Zeitschrift ist empört darüber, dass Mira, die doch eine ganze Kette von Sonnenstudios besitzt, selbst lieber am Strand liegt und ein Sonnenbad nimmt. Kaspar ist auch etwas beleidigt. Was ist denn jetzt falsch an den Solarien? Er fragt eines der Mädchen, was das denn nun solle.

»Ach«, sagt das Mädchen und seufzt tief, »das habe ich auch schon gehört. Einige sagen, Mira wäre eine Natursonnenanbeterin geworden. Das ist ja auch viel schwieriger. Ein Solarium kann man so einstellen, dass man immer die richtige Menge bekommt und nicht verbrannt wird. Es ist schwer, ein Natursonnenanbeter zu sein, deshalb sagt man auch, dass man am besten erst ein wenig ins Solarium geht, bevor man sich draußen hinlegt. Mira ist zäh«, flüstert das Mädchen, »einmal hat sie gesagt, dass sie mit der Mirasol-Kette angefangen habe, damit sich die Menschen besser mit der Sonne anfreunden können. Es gibt so viele hier im Land, die unter dunklen Felsen leben und nie die Strahlen des Tages sehen. Und wenn die Sonne dann endlich kommt, geht es total schief. Mira hat gesagt, dass man das Leben genießen soll, dass man hinaus in das Licht treten und sich nicht wie ein kleines Tier im Dunkeln zusammenrollen soll.«

Das Mädchen schaut aus dem Fenster.

»Na, das ist sie bestimmt.«

»Wo?«

»Dort, ganz am Ende der Straße.«

Kaspar läuft hinaus auf die Straße und bleibt dann stehen. Er schüttelt die Posttasche und hört den Brief darin rascheln. Es ist die helle Mittsommerabendstunde, in der die Sonne wie ein großer Scheinwerfer durch die Straßen scheint und wie Feuer brennt. Kaspar hat seine Sonnenbrille vergessen und kann nicht richtig sehen. Er wendet sich in die Richtung, in die das Mädchen vom Solarium gezeigt hat, direkt in die Sonne.

Mitten zwischen den Menschen auf der Straße flattern weiße Engelsgestalten umher und lächeln. Sie fliegen herum und streichen den Menschen über die Gesichter. Aber es sieht nicht so aus, als könnten sie noch andere außer ihm sehen.

Dann endlich erblickt Kaspar sie, das muss Mira sein. Eine schöne braune Frau mit langem goldenen Haar. Aber sie ist nicht alleine, eine andere Frau geht neben ihr her, so dicht, dass man glauben könnte, sie wären zusammengewachsen. Im grellen Licht erscheinen sie weiß. Ihre Haare flattern.

Er öffnet die Tasche, nimmt den Brief heraus und reicht

ihn hinüber, aber als er erkennt, dass die andere Frau Sofie ist, lässt er die Hand sinken. Mitten zwischen ihren Köpfen schwebt die weiße Sonne. Kaspar schaut so lange in sie hinein, dass ein schwarzer Fleck auf seine Hornhaut gebrannt wird. Der Fleck folgt seinem Blick überallhin. Kaspar wendet sich ab und biegt in eine Seitenstraße ein.

Es gibt vieles, an das man sich gewöhnen muss. Kaspar läuft in Shorts und kurzen Ärmeln herum und lächelt die Menschen an. Sie nehmen überhaupt keine Notiz von ihm. Er muss lange vor den Schaufenstern stehen bleiben und sich darin anschauen, um sicher zu sein, dass er goldbraun und nicht unsichtbar ist.

Eines Tages kommen viele Polizisten auf ihn zu, er flüchtet in eine Toreinfahrt, aber sie gehen ruhig an ihm vorbei, gähnen und reden. Er schleicht zum Schlossplatz. Es ist keine Polizei mehr dort, an den Fenstern des Schlosses sind die Gardinen zurückgezogen, und die Touristen stehen und glotzen, wie sie es immer getan haben.

Kaspar kauft eine Illustrierte. Auf der ersten Seite ist der König zu sehen: *Mein neues Leben.* Der König gibt ein längeres Interview. Er erzählt, dass er die letzte Zeit gebraucht habe, um sich etwas zurückzuziehen. An Pfingsten hat er oben im Fjell eine Art spirituelles Erlebnis gehabt, das ihm Frieden geschenkt hat. Er will nicht näher darauf eingehen, was geschehen ist, *aber es war eine Begegnung,* sagt er, *die mir das Gefühl gab, mich selbst gesehen zu haben, mich selbst kennen gelernt zu haben.*

Es folgen viele Bilder vom König, wie er entspannt in

Jogginghosen herumläuft, ruhig lächelt und freundlich mit den Leuten redet. Es gibt Bilder vom König im Anzug, wo er mit Staatsoberhäuptern Konversation macht und laut lacht. Und es gibt eins, auf dem er mit schönen Prinzessinnen spricht.

Am selben Nachmittag trifft Kaspar Lærke. Sie sitzt auf einer Bank im Park und liest in der gleichen Illustrierten. Er bleibt stehen und sagt ihren Namen. Sie blickt erschreckt auf, einen Augenblick lang erkennt sie ihn gar nicht.

»Kaspar«, sagt sie und senkt den Blick, »wie hast du dich verändert.«

Sie gehen zusammen ein Stück durch den Park, sie fragt, ob er das Lamm gesehen habe.

»Nein.«

»Wir müssen nach ihm suchen«, sagt sie und schaut auf den Boden, »ich mache mir Sorgen.«

Sie gehen durch die Straßen der Stadt, schauen in Toreinfahrten, Höfe und unter Autos. Sie rufen und machen Mäh-Laute. Kaspar lacht und sieht Lærke an, aber sie wendet die ganze Zeit ihr Gesicht ab.

»Lærke«, sagt er.

»Wir müssen suchen«, sagt sie.

Die Stadt ist öde und leer, sie setzen sich auf eine Bank unter einem Baum. Von oben ertönt Vogelgezwitscher.

»Lærke«, sagt er wieder und versucht, ihr Gesicht zu sich zu drehen.

Sie wendet ihm den Rücken zu.

Am Abend sinkt die Sonne und bescheint Stellen, an die sie am Tage nicht hinkommt. Kaspar erblickt einige weiße Punkte, die in der Luft schweben. Sie sehen aus wie fliegende Blumensamen, er fängt einen.

»Was ist das?«, fragt er.

Sie nimmt es in die Hand.

»Es ist weich und warm«, flüstert sie.

In den Straßen fliegt Lammwolle herum, weiß und weich, von der feinsten Art, sie ist überall. Sie finden weder Fleisch noch Knochen oder Blut. Die Wolle schwebt wie reine und durchsichtige Luft, erhebt sich, verschwindet über die Hausdächer und hinterlässt nicht einmal mehr einen Laut.

Dann dreht Lærke ihm ihr Gesicht zu und schaut ihn an. Sie schaut und schaut. Sie starrt mit großen Augen, die sich auf sein Gesicht zubewegen. Er sieht Lærke ebenfalls an, Augen und Gesicht, die so besonders leuchten. Es summt im Bauch und im Herzen, und er kann sich ein Lächeln nicht verkneifen. Und dann erkennt er den Blick wieder, mit dem die Mutter und der König ihn anschauten. Mutters Blick im Garten bei der toten Amsel und der Blick des Königs im glitzernden Licht des Fjells. Der Blick, den sich Mira und Sofie auf dem Foto zuwarfen, als sie noch zusammengewachsen waren.

Und so sitzt er bloß da, starrt Lærke an, erkennt sich selbst und Lærke, und weiß, was das bedeutet. Dass keiner von ihnen länger alleine sein muss.